U0462211

作/者/介/绍/

让－保尔·卡拉卡拉（Jean－Paul Caracalla 1921－　　），
法国作家、出版家，"双叟"奖评委会秘书长，德诺埃尔
出版社审读委员会成员。1951年主持《旅行杂志》，发
表桑德拉尔、保尔·莫朗、米歇尔·德翁等人的作品；
1976年成为卧铺车厢公司新闻部主任，主要作品有《蒙
帕纳斯的流亡者》《国王与总统的列车》《拉开帷幕——
巴黎私人剧院史》等。1985年，其《东方快车：一个世
纪的铁路历险记》获法兰西文学院文学奖。

如果你去那个区逛过一次，你就会想在那里度过一生。

——雷奥·拉吉埃

圣日耳曼德普雷的

文艺范儿

（法）让－保尔·卡拉卡拉◎著

彭怡◎译

Saint-Germain-des-Prés

Jean-Paul Caracalla

海天出版社（中国·深圳）

图书在版编目(CIP)数据

圣日耳曼德普雷的文艺范儿 / (法) 卡拉卡拉著；彭怡译.
— 深圳：海天出版社，2016.1
(左岸译丛)
ISBN 978-7-5507-1350-5

Ⅰ.①圣… Ⅱ.①卡… ②彭… Ⅲ.①文化史—法国
Ⅳ.①K565.03

中国版本图书馆CIP数据核字(2015)第081565号

版权登记号　图字19-2013-170

Jean-Paul Caracalla
Saint-Germain-des-Prés
Éditions de La Table Ronde, 2007.

圣日耳曼德普雷的文艺范儿
SHENGRIERMANDEPULEI DE WENYIFANER

出 品 人	聂雄前
责 任 编 辑	胡小跃
责 任 校 对	方　琅
责 任 技 编	蔡梅琴
装 帧 设 计	龙墨文化 0755-83461000

出版发行	海天出版社
地　　址	深圳市彩田南路海天综合大厦　(518033)
网　　址	www.htph.com.cn
订购电话	0755-83460202(批发)　83460293(邮购)
设计制作	深圳市龙墨文化传播有限公司（电话：0755-83461000）
印　　刷	深圳市新联美术印刷有限公司
开　　本	787mm×1092mm　1/32
印　　张	7.375
字　　数	100千
版　　次	2016年1月第1版
印　　次	2016年1月第1次
定　　价	32.00元

目录

序

米歇尔·德翁（法兰西学院院士）

让–保尔·卡拉卡拉在巴黎的许多地方都逛过，尤其是在蒙帕纳斯和蒙马尔特，记录了那里比他出生还早得多的许多旧事。这再次证明，历史，不管是大历史还是小历史，从来不只是由没有经历过那段历史的历史学家所记述的。这个住在17区的人在塞纳河右岸度过了大半生，他是阿卡迪路一个豪华办公室里的皇帝，被秘书们敬奉如神，策划和出版着一本旅行杂志[1]。这本杂志以其豪华的装帧印刷和遍布世界、到处游逛的作者，带领大家去周游天下。准确地说吧：尽管他的大部分时间是在派特约记者去核实中

> 蒙帕纳斯是巴黎一个繁华的商业区和文化区，位于塞纳河左岸；蒙马尔特是巴黎18区的一个高地，在塞纳河的右岸，那里有许多著名的旅游景点，如白色圆顶的圣心堂、圣皮埃尔教堂、红磨坊等。许多艺术家如达利、凡·高、毕加索等都曾住在这个区域，进行创作活动并出售和展示自己的作品。

---

[1] 本书作者为某旅游杂志主编，办公室设在阿卡迪路，故有此说。

蒙古褶，也称内眦赘皮或内眦皱襞，在眼的内角处，由上眼睑微微下伸，遮掩泪阜而呈一小小皮褶。常见于东亚和东南亚民族、南非的科伊桑人和马达加斯加原住民等。

国人的眼睛是否真有蒙古褶，巴西女人的乳房是否真的那么大，但他也还是常常冒险跨过塞纳河[①]，有时是借道十分坚固的桥梁，有时是坐游船甚至走秘密通道。衣冠楚楚的人有时想堕落，"堕落"这个词用在双叟咖啡馆的这个常客身上也许有点太重了，但他打破了高尚街区里的人的矜持（在那里有他的第二办公室）。

多好的观察点啊！甚至在2000年之后的好几年还是如此，尽管许多座位已被游客侵占！在一个人们往往睡得很早、早上五六点就得把马路让给市政府浇水车的街区，一直有家室的让-保尔·卡拉卡拉已经大大减少对它的观看，如果看也是伤感地忆旧。在这本书中，我们可以清楚地感觉到《旅行杂志》负责人对圣日耳曼德普雷的留恋。虽然富有传奇色彩（短命）的塔布俱乐部不再在半夜里响起小号声，可他活灵活现地讲述了第一家地窖夜总会的喧闹，以及因战争而失去5年

[①] 阿卡迪路在塞纳河右岸，双叟咖啡馆在左岸，所以要跨过塞纳河。

之后重获对爵士乐和威士忌的狂迷！

圣日耳曼德普雷虽然离大海很远，但这里有海浪，有时尚。在常客们相聚的欢喜与激动之中，咖啡馆、饭店和夜总会开门了。几只"领头羊"作出决定，整条马路，一个中心广场就像变魔术般突然热闹起来。或者关门，没有眼泪，没有理由，主持人把自己当做一个喝酒喝得倾家荡产的客人，这是常有的事。小酒馆的表演吸引了全巴黎的名人，但表演不更新，小酒馆关门了。由于格诺、雅克兄弟、罗西·瓦尔特和尼科·帕帕塔基导演的戏而红火的"红玫瑰"就是这样的情况。点蜡烛吧！在圣日耳曼德普雷，人们消耗了成吨的蜡烛。

活着就要好好享乐快快享受，这是一条法则，有人因此悔恨，也有人因此破产。有些名字让人回想起美好的时光，那些人其实比人们以为的要纯洁得多。卡拉卡拉列举了很多人的名字，但并未穷尽，甚至还忘了一些。当然，有天才的鲍里斯·维昂、漂亮的格蕾科、娇弱的阿妮·卡扎莉丝，还有阿努克·埃美。他忘了阿纳贝尔，她失去了当拉罗什福柯公爵夫人的机会后，成了贝纳尔·布费夫人。我要是让-保尔·卡拉卡拉，绝不会忘记那些伟大的主持人、晚会王子：让-克洛德·梅尔勒（圣日耳曼俱乐部）、公主路的让·卡斯泰尔。不过，没关系，将来还会有机会。历史会不断地讲给未来的男女青年听。让-保尔·卡拉卡拉这本如此迷人的书是想大家回忆过去，寻找先辈的狂欢庆典。让我们期待吧！

右岸，左岸

20世纪初巴黎的街道

左岸的露天咖啡座

塞纳河是两个世界的天然边界。它的右岸，是消遣、商业、奢华、新闻和演艺的巴黎；左岸则是思想、出版、大学、古董、书店的巴黎。一个慌慌张张、急不可待、躁动不安；另一个适合人们在咖啡座、书店和画廊里穿梭，或让人忍不住去塞纳河边的旧书店搜索一番。

如果说右岸一直处于变化当中，让离开几个星期回巴黎的人都会不知所措，左岸的参照点却永远不变、一直不动，让人们可以沿着历史和文学的路线散步。

几年来，左岸已被隶属于右岸商号的一些服装店、饰品店和卖小摆设的商店所入侵。这些商店吹嘘自己在左岸有分店，就像别人吹嘘在伦敦、纽约或东京有子公司一样。尽管有这种庸俗化现象，但塞纳河的这边仍有一种不同的生活艺术，居民身上有一种习惯的友善和让人愉快的热情。

如果说，圣日耳曼大道失去了其贵族身份，圣父路失去了它的宁静，圣日耳曼市场也没有了以往的热闹，闲人们仍可以在比西路和塞纳路逛逛路边的货摊，看看雅克–卡洛路的永久画展，走走狭窄的维斯孔蒂路，让·拉

1937年前后的芙丝汀宝广场

辛①在那条小巷里住过，巴尔扎克也在那里开过印刷坊。然后，可以在欧仁·德拉克卢瓦画室前面的芙丝汀宝广场的四

① 让·拉辛（1639~1699），法国剧作家，与高乃依和莫里哀合称17世纪最伟大的三位法国剧作家，代表作有《费德尔》等。

PHOTOGRAVURE

1893年的雅可布路28号

棵大梧桐树的浓荫下，坐在长凳上休息
休息。

　　这里，伟人的名字刻在大理石板
上，镶嵌在建筑物的外墙。散步的时候
有许多著名的参照物：伏尔泰在塞纳
河边接待巴黎的上流社会人士，小蒂博
在这家旅店成了阿纳托尔·法朗士，波
德莱尔就是在这里写《恶之花》的，阿
尔封斯·都德死在这条马路上，欧内斯
特·勒南曾租住过这栋房子，夏多布里

*阿纳托尔·法朗士
（1844～1924）法
国作家、文学评论
家、社会活动家。
本名蒂博·弗朗索
瓦，生于巴黎一书商
家庭。"法朗士"是
他父亲弗朗索瓦的缩
写，又因他爱祖国法
兰西，故以祖国的名
字作为自己的笔名。*

都德在其位于奥德翁路的家中

昂租的是另一座屋子。安格尔先生①曾在这里工作，保尔·魏尔伦曾在那家咖啡馆的露台上喝苦艾酒。

塞纳河这边的空气闻起来都有文学的味道，闻得到对书籍和对作家的热爱。这样说一点都不夸张。

当城市规划师想让建筑物排列得更整齐，计划拆掉过去某些漂亮的房屋，历史将在钢筋水泥中消失时，热爱那个地方的人会诅咒这些破坏圣地的工程，他们觉得那些地方应该是永远不变的。

圣多米尼克路、圣纪尧姆路、大学路、格雷内尔路、瓦莱纳路，18世纪初所修建的那些私人公寓，现在大部分都成了部委、使馆和行政机关所在地。它们的外墙往往都有一个三角楣，有栏杆，有支撑着阳台的雕花托座；铺石院子和花园四周是已被改成车库的马厩。

当沉重的大门打开，公车进出时，那些可被瞥见的旧建筑，能让人联想起边缘模糊的圣日耳曼贵族区奢华的外省生活。圣日耳曼大街的开通加速了它的衰亡。

隐居在圣伯努瓦路的作家兼诗人雷奥·拉吉埃经常去圣日耳曼德普雷散步，对那里赞叹不已："如果你去那个区逛过一次，你就会想在那里度过一生。"1938年，他在《圣日耳曼

---

① 让-奥古斯特·多米尼克·安格尔（1780~1867）法国著名画家，法国新古典主义旗手。

1910年前的普罗可布咖啡馆

德普雷，我的村庄》中说："我们可以在无数巴尔扎克式的旅馆租一个学生房间，到文具店买作业本和墨水，那里的生意当然很红火，因为就靠近学校。我们可以在那里写写东西，不仅写巴黎的美丽故事，也可以写写法国历史上最伟大的章节。"圣日耳曼德普雷编年史永远是它最丰富的内容之一。

圣日耳曼德普雷的小街

中世纪的圣日耳曼德普雷修道院

1572年8月24日，圣日耳曼德普雷修道院发生了圣巴泰罗米大屠杀

修道院旁的村庄

542年，西哥特人在萨拉格萨被克洛维之子巴黎国王奇尔德伯特的军队围困，最后以圣樊尚的主教服换得解围。除了这个珍贵的纪念品，奇尔德伯特还得到了一个镶嵌着硕大珠宝的金十字架、30个金圣杯、15个圣盘、20个装圣书的宝盒及其他金银饰品。

回到首都之后，日耳曼大主教建议奇尔德伯特修建一座教堂，外围再建一个修道院，用来收藏这些财宝，珠宝将陈列在那里，让信徒们来瞻仰。于是国王决定修建一座带修道院的教堂，以

圣日耳曼大主教（17世纪版画）

纪念圣樊尚，并选址塞纳河边，面对着巴黎城。

教堂建得相当漂亮：镶嵌艺术的装饰、罗马式拱廊、金粉为背景的画，铜制的屋顶金光闪闪。巴黎的上流社会被它的辉煌所炫目，后来便把它叫做金色的圣日耳曼。圣樊尚著名的主教服吸引了许多人来圣日耳曼德普雷朝圣。

这个来自欧坦①的日耳曼，是个好奇的高级宗教人士，496年生于高卢的这个旧都。他很博学，是个科学家，据说有一些神奇的本领，比如治病，他让病人喝一些圣水，或者给他们划个十字，病人就会痊愈。被任命并被祝圣为巴黎的大主教后，日耳曼主教过着默祷、斋戒和慈善的生活。在这精美的教堂前，奇尔德伯特打碎罐子，把里面的金银分给了穷人。

1730年的圣日耳曼德普雷集市剧院

①法国索恩—卢瓦省县城。

为了保证修道院的存在和维修，国王捐赠了大量的土地，左岸的大部分土地都属于主教了。不久，它就成了法国最富有的修道院之一。

576年，幸福的日耳曼去世后，这座名为"圣十字和圣樊尚"的大教堂改为德高望重的日耳曼大主教的名字，并加上"德普雷"三个字，以区别圣日耳曼洛克塞卢瓦和圣日耳曼勒维厄。这时它才刚刚开始发展。

1628年，巴黎要传说扩大，要合并圣日耳曼周边地区，这在教士们当中引起了巨大反响。诏书不是颁布说圣日耳曼教堂区和本笃会修道院是"一个与巴黎分开的不同的区，无论是在精神生活和世俗生活方面都享有自己特别的司法权"吗？人们把理由告诉了上帝的使徒们。惊恐万状！教堂区内有玛格丽特王后的公馆，有爱德会、耶稣会和兄弟会教士的房子。

17世纪发生本笃会修道院改革运动时，圣莫尔的宗教团体就设立在圣日耳曼德普雷。

圣日耳曼德普雷在继续发展：塞夫路开了一家医院，圣奥古斯丁享有教俸的修女住在圣多米尼克路，圣塞西尔的圣贝尔纳教派的修女住在巴比伦路。四面八方都在盖房子，旅店、出租房、富人住宅纷纷涌现，修道院也不例外，跟随这一运动在建新的建筑。查理大帝盖了一家面向小学生的修道院，招聘圣日耳曼德普雷的老师和学者。到他去世的时候，修道院已成为重要的知识中心，散发着艺术和文学气息。修道院的大门从此开在后来成了圣日耳曼大街的圣玛格丽特路。

1482年，在路易十一的许可下，圣日耳曼德普雷集市在属于修道院的一块地皮上建成，很快就取得了前所未有的成功。大革命前，王子和国王都来这里的戏院看演出，在古董店里淘宝。

法兰西喜剧院1687年至1770年间设在福塞–圣日耳曼路，即今天的旧歌剧院路，后来搬到杜伊勒里宫的机械厅，然后又搬到卢森堡宫，即今天的奥德翁剧院广场。

18世纪末的法兰西剧院（奥德翁剧院）

1797年，圣日耳曼德普雷修道院的餐厅和教士集会场所被拆

建筑师向奇尔德伯特介绍圣日耳曼德普雷修道院的设计图

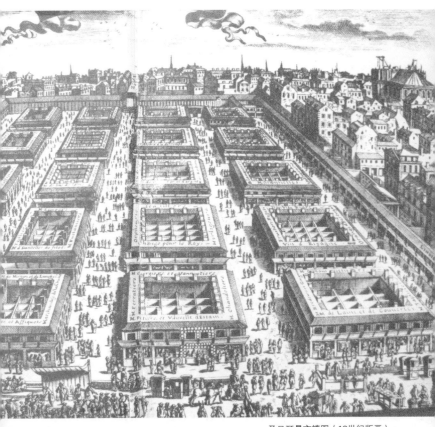

圣日耳曼市镇图（18世纪版画）

莫里哀剧团的名演员拉格朗热。他在圣安德列德萨尔举办的盛大的葬礼，有一千多人参加

莫里哀（1622～1673），法国喜剧作家、演员、戏剧活动家，"法兰西精神"的代表，代表作有《无病呻吟》《屈打成医》《伪君子》《唐璜》等，曾自组剧团在巴黎演出。

喜剧歌剧院就是在圣日耳曼德普雷集市诞生的，它后来与意大利喜剧院和布尔戈涅旅馆连在了一起，法兰西歌剧院也在那里找到了落脚之地。在差不多一个世纪的时间里，集市的露天舞台成了文学与戏剧活动的中心。矛盾的是，僧侣和喜剧演员们相处默契，真是不可思议！使莫里哀的剧团得以在圣日耳曼德普雷中心落户的拉格朗热[①]，死的时候与教堂和平相处，他的豪华葬礼是在圣安德列德萨尔举办的，一千多人参加，显示教堂与演员的关系发生了变化。这样隆重的葬礼，剧团团长莫里哀都没享受到。莫里哀死后，剧作家兼演员当古尔似乎被指定接他的班，执掌剧团。

圣日耳曼德普雷的第一家咖啡馆也开张了。那种制造黑色饮料的豆豆引进法国可是一件大事。咖啡是1657年引

①原名夏尔·瓦莱（1639～1692），17世纪法国最著名的演员之一，长期加盟莫里哀剧团。

1874年大皇宫里的摄政咖啡馆，据狄德罗说，那是路易十五时期最著名的下棋场所，后转移到左岸的咖啡馆

进巴黎的，当时只有一小部分咖啡爱好者知道。一个名叫帕斯卡尔的亚美尼亚人是"咖啡之家"的第一任老板。为了保证咖啡馆的高效运作，他雇用了一个22岁的巴勒莫人[①]：弗朗切西科·普罗科皮奥·德科尔特里。

帕斯卡尔后来去了伦敦，弗朗切西科失业了，便与一个叫做洛热罗的人在集市租了一个场地。1684年，他成了酿酒大师，在图尔农路卖咖啡豆、咖啡粉和咖啡，但他渴望的是另开一家商店：他找到了福塞–圣日耳曼路的一个地方，打掉墙和隔板，以扩展空间，然后铺上地毯，装上镜子，挂上水晶灯，摆上大理石桌子和舒适的座椅。1689年，普罗可布咖啡

—————————————————

① 巴勒莫为意大利城市。

常客们等待普罗可布咖啡馆开门
（素描，F. A. 卡扎尔 作）

馆开张了，消息传遍了整个巴黎：一个安静、美丽的地方，可以在那里喝咖啡、烧酒，吃各种甜点。咖啡馆的客人们一边下棋，拿当时人们的话来说是在"博弈"，一边讨论哲学问题，热烈地往往持续几个小时，第二天接着再来。皮埃尔-弗朗索瓦·古约·德封丹神甫在他1726年出版的《后逻辑词典》中说，其中一个话题持续讨论了不少于11个月！

让弗朗索瓦·普罗可布①意想不到的是，国王的演员们很快就把他们的剧院设在咖啡馆对面。1689年4月18日，法兰西喜剧院开张了，演出《费德尔》和《屈打成医》，获得了巨大的成功。演出结束之后，咖啡馆里挤满了观众，他们看完首演后余兴未已，来这里讨论。从此，每天晚上，人们都来咖啡馆讨论戏剧。法兰西喜剧院上演的戏，伏尔泰一场都没落下。第二次演出他的《塞米勒米斯》时，一天晚上，他来到咖啡馆，穿着旧城修道院的破衣，鼻子上架着圆框眼镜。这番乔装打扮之后，他装作专心看报的样子，坐在大厅中

---

① 弗朗切西科·普罗科皮奥对应的法文名字是弗朗索瓦·普罗可布。

央，一句不漏地听弗雷隆及其朋友们评论他的剧本，随时准备反驳。

1770年，法兰西喜剧院搬离了福塞–圣日耳曼路。这一搬迁会给咖啡馆造成致命打击吗？没有的事。现在，谈论的话题不再是戏剧演出，客人们更关心的是苏醒了的爱国主义者内克尔和卡洛纳子爵的计划所引起的争论。

整个18世纪，普罗可布咖啡馆都是思想交锋的中心：人们一边读着《新闻报》和《潇洒的水星》，一边交换信息，讨论时局和社会政治事件。它由此成了布封、阿朗贝尔、格里姆、奥尔巴克、莫勒雷修道院院长、马莫泰尔、卢梭、塞代纳以及所有被称作哲学家的人的大本营。

革命爆发时，根据教士的公民组织法，人们驱逐了教士，取消了与圣日耳曼德普雷修道院领地有关的特权和免税优惠。旧修道院的所有建筑都将被作为国家财产卖掉：本笃会的碉楼，那是昔日的告解室，旧制度的见证，也面临着被拆毁的命运。

雅克·内克尔（1732 ~ 1804）是法王路易十六的财政总监与银行家，多次进行财政改革；卡洛纳子爵（1734 ~ 1802）是法国国务活动家、财政总监，他对财政和行政的改革加速导致了1789年法国大革命的政府危机。

国民公会是法国大革命时期的最高立法机构，初期的代表人物有让－保罗·马拉、乔治·雅克·丹东和雅各宾俱乐部马克西米连·罗伯斯庇尔。

乔治·雅克·丹东（1759～1794），法国政治家、法国大革命领袖。18世纪法国大革命时期著名活动家，雅各宾派的主要领导人之一，后被政敌以"阴谋恢复君主制、颠覆共和国"罪被送上断头台。

1789年11月13日，国民公会废除了修会，圣日耳曼德普雷修会被解散了，准备清点修道院的财产，包括动产和不动产。所有的东西都被没收，贴上封条。修道院被封了，教堂成了公共场所。公会成员，尤其是该区第三等级的代表把那里当作了聚会的地方。1792年的一个早上，丹东像往常一样去打牌时，三个人走进了咖啡馆，他们是于

丹东，法国大革命的领导人之一，后来被送上了断头台

法国大革命期间，国民卫队曾驻扎在
圣日耳曼德普雷修道院里

连、迪比松和迪克罗凯，都戴着红帽子。"丹东公民，你觉得帕里斯所戴的这顶弗吉尼亚帽怎么样？"于连大声地问。丹东看了他们一眼，继续打牌，嘴里嘀咕道："如果你戴这顶帽子比牧人帕里斯更合适，我不相信美女海伦会跟他去特洛伊。"①几天后，这顶帽子就成了法兰西共和国的象征。

革命的所有原则都将在修道院的圆拱下宣读，圣日耳曼德普雷的男女公民来到祭坛前起国民誓言，然后唱《感恩赞美歌》。在谋杀、盗国王墓和放火之前，渎神与神圣的言行奇特地结合在一起。

1792年9月2日，在被改成监狱的修道院门前，318人被杀，后来，躲避在卡尔莫·德·沃吉拉尔修道院的许多圣日耳曼德普雷本笃会成员也遭到同样下场。11月，被关闭的教堂成了火药厂和兵工厂的车间。设在修道院大殿里的煤库不停往设在拱廊里的炼铁炉送煤。由于缺钱，人们便没收了修道院里的财宝。在离普罗可布咖啡馆两步之遥的商业搭廊，行人们看到正在建造一个新奇的机器。一个羊头钻进一个半圆形的机架中，然后，轻轻一按按钮，一把三角形的切刀便落了下来，羊还没来得及发出叫声就被切断了脖子。试验太成功了，人们把一群羊赶了进去。这个机器是住在商业搭廊的吉约坦医生发明的，起初叫做"路易松"或"路易塞特"，后

---

① 帕里斯是希腊神话中的特洛伊王子，曾诱拐希腊王后海伦私奔。

吉约坦医生向路易十六介绍断头台的设计

来改名为"吉约蒂娜"，1792年4月25日第一次使用。

　　爆炸过后马上又来了一场火灾，毁了皮埃尔·德·蒙特罗哥特式教堂，图书馆幸免于难，1795年，里面存放的古代手稿、来往信件和档案被运到了国家图书馆。4年后，那里挖掘出一些坟墓，盗抢之后又遭挖掘者的镐头破坏：圣日耳曼德普雷广场和现在的修道院路交会处的哥特式拱廊、寝室、教士集会大厅就这样消失了。

1790年4月，吉约坦与夫人在巴黎木偶剧院观看了一场木偶剧。剧中有台机器飞快地砍下一个布袋木偶的脑袋时，他深受启发。1791年5月3日，国民公会在他的倡议下通过了改用斩刑的决议，并成立了一个委员会。吉约坦负责研制新的斩首机器，他很快设计出了一台快速斩首机，用几只活羊试验成功后即投入使用。

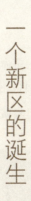

一个新区的诞生

1877年，修建圣日耳曼大街

关于自由开办剧场的革命法颁布之后，圣日耳曼德普雷集市失去了所有的特权，日益衰败。1806年4月7日皇帝的一个诏令又把那个地方划归巴黎城所有。一切都被摧毁，挖地三

1830～1840年期间的圣日耳曼市场

尺。1813年至1818年，建筑师布隆代尔和吕松两人一道着手设计一个有顶的大市场：圣日耳曼市场。

19世纪，在圣日耳曼德普雷强大的本笃会修道院，这个知识与文学的精神家园的废墟上，很快就将诞生另一个街区，一个以古玩、出版、书店、文学咖啡馆、赌场、地窖俱乐部为主的村庄，成为流浪者的栖身之地，其幽灵现在还徘徊在这个街区。

决定这个城中村的边界可不容易，让人大失所望：它像"心脏的边缘"一样，是活动的。许多历史学家试图确定其分界，但没能做到。要取消这个狭窄四边形旁边的某条主动脉，这太难了。这个四边形，原则来说是这样的：北边是塞

纳河，南边是圣日耳曼大街，东边是多菲娜路，西边是圣父路；多菲娜路和圣日耳曼德普雷广场之间的马路、17世纪隶属修道院的街道和奥德翁戏院的周边地带，都可以被认为属于我们的圣日耳曼德普雷。

在革命时期和波拿巴的城市规划师破坏艺术的时期过后，出现了一个新的街区：作家和艺术家们都回来了，他们对它有着特殊的感情。也许是巴黎的这个角落保留了使其活跃了十几个世纪的气氛和精神，知识分子和画家们纷纷来到这个临近富裕的圣日耳曼区的这一小块地方。

坐落在小奥古斯丁修道院的美术学院取代了革命时期安置在修道院里的法国历史遗迹博物馆，吸引了无数艺术家，他们参与了某种东西的复兴，参与创作那种活生生的艺术，用波德莱尔的话来说就是"现代性"。领导绘画领域里的这场革命的是德拉克鲁瓦和安格尔，后来是马奈开辟了印象派的道路。

可惜无法一一列出给街区争得荣耀的名人的名字。随着历史的发展，根据事态的不同，必然的或偶然的相遇接连不断，让圣日耳曼德普雷的日子显得更加快乐。

马莱-圣日耳曼路，也就是现在的维斯孔蒂路，曾住过剧作家拉辛、女演员克莱隆小姐和男演员穆内-苏里。也就在那里，巴尔扎克办了一家印刷作坊，但破产了。

雅可布路住过德国著名作曲家瓦格纳、英国作家劳伦

1868～1870年间，画家科蒙与美术学校的学生们

里美曾住在美术路10号
阿希尔·德韦里亚画）

巴尔扎克曾把他的印刷
厂设在圣日耳曼德普雷

1854年到1855年，
波德莱尔住在塞纳路
35号，后搬到伏尔泰
路19号，《恶之花》
就是在那里完成并交
给出版商的

大画家德拉克鲁瓦

娜塔丽·克里福·巴内（1876～1972），美国剧作家，诗人和小说家，旅居巴黎的侨民。60多年来她在巴黎左岸的家里举办沙龙，汇聚了来自世界各地的作家和艺术家，其中包括"迷惘的一代"的领军人物。她是公开的女同性恋，与多人同时保持恋人关系，她与画家罗曼娜·布鲁克作伴长达50年。她的生活和恋爱为许多小说家提供了灵感，其中包括20世纪最有名的女同性恋小说《寂寞之井》（瑞克里芙·霍尔著）。

雷米·德·古尔蒙（1858～1915），法国后期象征主义诗坛的领袖，曾在巴黎国家图书馆工作。1890年与友人合作创办《法兰西信使》杂志。主要作品有诗集《拙劣的祷词》《西蒙娜》等。戴望舒、卞之琳等都翻译过他的作品。

斯·斯特恩[1]和阿德里亚娜·勒库弗勒[2]，对面的一家旅馆里就住着她的情人莫里斯·德萨克斯，后来住在那里的是娜塔丽·巴内。

芙丝汀宝广场有德拉克鲁瓦的画室。

雷奥·拉吉埃最喜欢的是圣伯努瓦路。

圣父路住过雷米·德·古尔蒙，塞纳路住过乔治·桑。美术路住过梅里美、内瓦尔、科罗和方丹-拉图尔，而奥斯卡·王尔德1900年悲惨地死在阿尔萨斯旅馆。圣安德列德萨尔商业搭廊则住过圣勃夫和波德莱尔。

马奈曾住在波拿巴路，奥古斯丁·孔德也在那里住过，而阿尔封斯·都德则死在大学路。

---

[1] 劳伦斯·斯特恩（1713～1768），英国感伤主义小说家，代表作有《项狄传》《感伤旅行》。
[2] 阿德里亚娜·勒库弗勒（1692～1730），法国喜剧院女演员，洗衣妇的女儿，演过拉辛、莫里哀的名剧，与伏尔泰关系密切。

1848年，一个厨师在图尔农路和沃吉拉德路交会的十字路口开了一家以自己的姓命名的饭店：福约，就在卢森堡宫对面。这家饭店很快就成了议员、作家和记者聚会的场所。让它出名的是它的特色菜：福约小牛排、福约鸽子或欧内斯蒂娜苹果。在那里吃过饭的有左拉、龚古尔兄弟、屠格涅夫和著名女演员雷娅娜。1937年，由于沃吉拉德路要拓宽，饭店被拆。

圣米歇尔大街和协和广场之间圣日耳曼大街的扩展，是1866年7月28日颁布的法令规定的。工程于1877年完成。这些重大工程写入了于斯曼主持的巴黎城市规划历史。工程从1848年到1889年持续了40多年，大大

1869年的福尔－日耳曼路

1868年，雷恩路挖土动工

改变了首都的面貌。

　　位于圣日耳曼大街184号的地理协会大楼，外墙还是原先的式样，上半部分装饰着科林斯壁柱，大门的上方是两个女像柱和一个地球，那是爱弥尔·索尔迪[①]的杰作。这就是19世纪末这条新大道典型建筑的唯一装饰了。建筑师勒迪埃接受委托负责研究，他从1878年9月2日开始，花了7个月的时间完

---

① 爱弥尔·索尔迪（1846～1906），法国雕塑家。

圣日耳曼大街184号地理协会正门

成了一座5层大楼的设计。地理协会自1821年12月15日成立之后，从来没有离开过圣日耳曼德普雷：它先后设在塔拉纳路12号、多菲娜小巷36号、大学路23号、克里斯蒂娜路3号，最后搬到了圣日耳曼大街。如此忠诚，无疑会让会员们对街区的地理了如指掌。

　　当地理协会拥有自己的新楼时，花神咖啡馆已经在圣日耳曼大街的172号开了8年。双叟咖啡馆和利普咖啡馆则是在两年后开张的。

　　帝国后期，行政当局继续把奥德翁剧院的拱廊租给旧书摊和新书店。弗拉马里翁的传奇就在那里开始了。欧内斯特·弗拉马里翁是迪迪埃书店的雇员，当了7年学徒后离开了。他希望与奥德翁拱廊里的夏尔·马蓬合作，但对方支支吾吾，欧内斯特·弗拉马里翁便要求只当个普通店员。1875年6月24日，他很快就成了合伙人。

自1874年起，弗拉马里翁书店便设在奥德翁剧院的拱廊里

在19世纪80年代，马蓬&弗拉马里翁书店不但成了巴黎最红火的书店之一，而且拥有一家出版社，给名声显赫的作家出书，如雨果、左拉、米什莱、都德等。当时的文学精英，包括波德莱尔和左拉，都经常到奥德翁剧院的拱廊里来，出入该街区的咖啡馆和饭店："塔布莱""伏尔泰""普罗可布"和"福约"。

1873年的马拉美，当时，象征派诗人和画家云集伏尔泰咖啡馆，他在那里主持宴会和晚会

象征派诗人和画家蜂拥至伏尔泰咖啡馆。马拉美主持宴会，晚会就此组织起来。经常来的客人有保尔·魏尔伦、夏尔·莫里斯、阿尔弗莱德·纳

魏尔伦曾在伏尔泰咖啡馆的露台上喝苦艾酒

奥德翁广场的伏尔泰咖啡馆

唐松、雅姆·韦斯特勒、弗郎西斯·维莱–格里芬和斯图阿尔·梅里尔。

巴黎公社前夕，魏尔伦也推开了伏尔泰咖啡馆的大门，与诗人阿贝尔·梅拉和雷翁·瓦拉德在那里喝苦艾酒。与兰波流浪数日，在比利时破屋潮湿的稻草上过了几夜之后，"可怜的莱里安"①选择了奥德翁广场的咖啡馆与朋友们会合。

库特林②是伏尔泰咖啡馆的常客了，一天，他在卡图尔的陪同下来到咖啡馆。看到魏尔伦，他非要向对方证明自己深深的敬佩之情：于是，一个是诗人，一个是幽默作家，两人干了几杯酒后马上就惺惺相惜了。分手的时候，库特林叫了

①指魏尔伦，这是由他的法文姓名字母改变顺序而得的新名字。
②库特林，原名乔治·莫瓦诺（1858～1929），法国小说家、剧作家。

一辆马车，把大醉的魏尔伦抱了上去，可魏尔伦忘了自己住圣安托万镇路多少号。"喂，亲爱的大师，好好想想。1号？不是。2号？不是。"如果这样问下去可能会没完没了：因为魏尔伦住195号！马车夫失去了耐心，大声地说，他不想再理睬这两个酒鬼，然后扬手挥鞭，马车消失在夜幕之中。

伏尔泰咖啡馆取这个名字是因为它位于伏尔泰路，也就是今天的卡西米尔–德拉维涅路。这个名称让某些人以为《老实人》的作者以前常来这里。据说，百科全书派以前也经常聚集在隔壁的狄德罗家里。19世纪末，法国南方的一些奥克语诗人作家、夏尔·莫拉以及一些象征派诗人在这里聚会，使伏尔泰咖啡馆成了法兰西水星出版社的大客厅：这家由拉希德的丈夫阿尔弗雷德·瓦莱特创办的出版社，

"百科全书派"在普罗可布普咖啡馆下棋

吸引了雷米·古尔蒙、儒勒·雷纳尔、洛朗·塔亚德和夏尔·莫里斯等人。印着1890年1月1日出版的《水星》第一期其实出版于1889年圣诞那天，杂志社办公地点原先在艾肖德路，1905年搬到了孔德路26号，离奥德翁广场一步之遥。所以，在伏尔泰咖啡馆可以常常看见瓦莱特接见他的作者们。

18世纪末的普罗可布咖啡馆，"百科全书派"在此聚会

马莱–圣日耳曼路，巴尔扎克的印刷厂曾设在这里

出版了卡米尔·弗拉马里翁的《通俗天文学》之后，欧内斯特不但分享了他的兄弟的荣耀，出版社的威望和名声也更大了。弗拉马里翁买下了拉辛路26号的一栋大楼，在那里开了一家印刷厂，还设了办公室，专门接待作者和供货商。

夏尔·马蓬1890年6月25日去世后，欧内斯特独自打理生意，直至1919年退休。而奥德翁剧院拱廊的室外摊档则一直持续到60年代。

雷翁·都德[1]在《家住巴黎，左岸》中回忆说："奥德翁剧院像是披

---

[1] 雷翁·都德（1867～1942），法国作家、记者、政治家，著名作家阿尔封斯·都德的长子。

上了旧书做的盔甲，四周是弗拉马里翁书店的著名书架。它们让我想起了与一些比较文明的年轻人的会面，也让我想起了我的首次成功。《庸医们》（1894）出版半个月了，我不敢打听。认识我的卖书人远远地跟我打招呼，其中一人大喊：'卖得很好！'确实，一摞黄颜色的书，看得清我的书名，从书架上露出来，高高地俯瞰着同一个星期出版的孟德斯的寥寥几本《老太太的房屋》①。"

　　在弗拉马里翁书店，读者得站着查阅新书；位于伏尔泰河堤路的奥诺雷·尚比翁书店就不一样了，那是一家有椅子的书店。老顾客有自己的座位，他们当中的大部分人都参与书店的活动，大家都带来文学、历史、系谱学方面的知识。讨论和来回走动一点都不影响奥诺雷·尚比翁工作，这是一个堪作典范的书商，他的儿子皮埃尔后来接了他的班。他在《我的老街区》中，回忆了那个家族企业和圣日耳曼德普雷昔日的生活。

---

① 卡蒂埃尔·孟德斯（1841~1909）法国著名作家、诗人，雨果、莫泊桑的好友，尼采也曾送书给他。

处处都是咖啡馆

圣日耳曼大街，双叟咖啡馆
和皇家圣日耳曼咖啡馆就在
这里

雷翁·甘贝塔（1838～
1882），法国共和派政治
家，15岁时因事故造成
右眼失明，曾任"国防政
府"内政部长，巴黎被围
后他乘气球飞越普军封
锁线离开巴黎，准备组
织新军，后领导共和派
反对保皇党恢复帝制，
1879～1881年任众议院
议长；1881～1882年被
任命为法国总理兼外交部
部长。1882年12月，他
被人用左轮手枪击伤，月
底在家中死于癌症。

　　大革命和帝国之后，普罗可布咖啡馆恢复了昔日的红火。缪塞来此喝苦艾酒，戈蒂埃和乔治·桑到多菲娜路的马尼饭店吃饭前也会到这里来逗留一会儿。人们还可以在这里遇到巴尔扎克，以及打破了伏尔泰咖啡馆宁静、来自卡奥尔的年轻大学生雷翁·甘贝塔。普罗可布1872年关门之前，最后回响在水晶吊灯下的就是他的声音。

　　阿纳托尔·法朗士在《新闻画报》[1]中借名热罗姆讲述了这家著名咖啡馆的漫长故事。在一份悼词中，他回忆了昔

----

[1] 1858～1911年期间巴黎出版的新闻周刊。

日在伏尔泰咖啡馆的餐桌边度过的日子。

1890年，普罗可布咖啡馆拍卖，被泰纳女男爵收购。1893年，它被租给书商的儿子泰奥·贝尔封，那是个有文化有品位的人，让旧喜剧院路的那家咖啡馆恢复了昔日的辉煌。在租约中，主人规定，咖啡馆必须保留自己的特色，外墙上漂亮的铸铁栏杆不得拆除——新租客一口答应。

换了新老板，普罗可布咖啡馆很快就实现了初衷，给文学圈、知识圈和第6区的艺术团体开会提供场地。

泰拉德、魏尔伦、于斯曼、阿莱纳、王尔德等诗人和作家纷纷来到这里，饭局由三名诗人歌手普里瓦、杜梅斯特和特里穆亚主持。大家为魏尔伦组织了一场欢庆的喜剧晚会，莫拉的奥克语言学校也为纪念米斯特拉尔①组织了一场庆典。

普罗可布咖啡馆出版的杂志

一份名叫《普罗可布》的杂志创刊了：1893年至1895年间出了9期，可惜，营业额没有文学那么"喜人"。1900年，贝尔封无法继

①弗里德里克·米斯特拉尔（1830～1914），法国诗人，1904年获诺贝尔文学奖，代表作有史诗《卡朗达尔》、诗集《日历》和《黄金岛》等。

续经营他亲爱的"普罗可布",咖啡馆又关门了,以300万法郎拍卖。

双叟咖啡馆的故事就完全不同了。圣日耳曼德普雷的一家咖啡馆竟然以两个中国男人为招牌,这似乎有些奇怪。然而,一家卖时新丝绸服饰用品的商店用这样的商标,来告诉人们那些珍贵的布匹来自哪个国家,这就完全合乎逻辑了。巴尔扎克在《巴黎招牌评论和轶事词典》中是这样描写这家在19世纪人满为患的咖啡馆的:"画家先生,您太吝啬了,这是首都顾客最多的商店之一,你怎么只画了两个男人?商店里有30个员工,现在怎么只有28个,去找找其余两人。"

"双叟"商店开办于1812年,设在塞纳河路的拐角,比西路23号。它的名字可能来自一出很成功的街头戏《中国的双叟》,是一个叫塞林①的人写的,当时在杂耍剧院演出。招牌上画着两个中国人在挑逗一个花哨的中国姑娘,那幅画出自阿贝尔·德·皮若尔②之手。

法朗士在《小皮埃尔》中回忆道:"我母亲住在圣日耳曼大街,她去'双叟'和'小圣托马斯'。'双叟'消失了,我也许是世界上唯一记得那幅巨大油画海报的人,上面画着一个年轻的中国女人,夹在她的两个同胞之间。"

---

① 即夏尔-奥古斯丁·巴松皮埃尔(1771~1853),法国剧作家。
② 阿贝尔·德·皮若尔(1785~1861),法国后现代主义画家,代表作为《约瑟拯救埃及》,现藏于罗浮宫。

普罗可布咖啡馆

19世纪的"双叟"商店

　　"双叟"很快就在整个巴黎出名了，生意红火。1818年12月27日，德萨比买下了那栋楼，在这之前，他只是个租客，后来渐渐地买下隔壁房间。这样，比西路17至19号都归他了。1840年前后，他出让了他的商业股份，但仍然是房东。20年后，生意走向衰落：大商场的崛起对"双叟"形成了很大的冲击。1873年，新主人把它搬到圣日耳曼广场，试图让它重整旗鼓，但未能如愿以偿，商店濒于破产。1881年3月9日，"春天"连锁店的几家商场发生火灾，经理儒勒·雅鲁佐把发货处临时安排在"双叟"。离开"春天"的时候，他把那地方让给了一家"出售利口酒的咖啡馆"，咖啡馆后来也取名为"双叟"。

　　双叟咖啡馆拥有极佳的位置，但它必须面对比它早几年、1879年开张的劲敌，那就是位于圣伯努瓦路和圣日耳曼大街路口的花神咖啡馆。

　　很不幸，阿贝尔·德·皮若尔的画不见了，画框和画布由于太破烂可能也被处理掉了。法朗士没有提起那两座木雕像，其基座成直角固定在咖啡馆其中的一根柱子上。它们也许不是商店开张的时候就有的——否则，《小皮埃尔》当中应该会提到。它们很可能是为新商店或新咖啡馆而雕刻的。

　　1879年开张的花神咖啡馆，它的名字应该来自咖啡馆大门上方的那个植物女神雕像——现在已经不见了。花神，主导春天百花盛开的神，在圣日耳曼德普雷显得阳气十足。人们

花神咖啡馆

宁可去"花神"而不去植物园。在这个高级场所，人们种植得更多的是"文艺之花"。

第二帝国末期，这是一家幽静的咖啡馆，于斯曼和古尔蒙以前常去大学路和圣父路口的卡龙咖啡馆。"卡龙"关门后，他们便转移到这里。于斯曼在这里品尝他所喜欢的饮料，真正的荷兰苦艾酒。

他们为什么要去咖啡馆呢？"我们去那里聊天，与别人交换看法。"古尔蒙写道，"在现代社会，咖啡馆起着广场在古代城邦那样的重要作用。它既是一个聚会场所，又是一个交流思想的地方。"

谈到另一家咖啡馆——瓦歇特咖啡馆的时候，莫雷亚斯也解释了"去咖啡馆"对他来说意味着什么："以前，我早上8点就去，第二天凌晨5点才回来。这才叫泡咖啡馆。"

夏尔·莫拉从巨龙路去那里与亨利·沃和莫里斯·普约见面。他讨厌吵吵嚷嚷的小酒馆，他耳背，这迫使他避开环境嘈杂的咖啡馆。1899年，他安安静静地跟朋友们在这里创办了法兰西行动联盟。他从作为大本营的花神咖啡馆派联络员前往文学界和知识界人士聚集的各个场所，他们在那里能招收到新成员——尤其是在丁香园，那里的年轻人很认真地考虑是支持无政府主义还是支持保皇派。

19世纪80年代末，在离那里不远的地方，一个叫莱奥纳德·利普的人买下了圣日耳曼大街151号。色当战役①失败后，这个阿尔萨斯人拒绝当德国人，于是搬到巴黎，租下一家酒吧来经营。为了表达他对失去的省份的感情，他把他的酒吧取名为"莱茵河畔的小酒馆"。客人们主要是美术学校的学生、知名诗人，也有一些喝酒比写诗多的流浪者。

不过，在19世纪末，还有一家咖啡馆起着重要作用：伏尔泰咖啡馆。

在第二帝国时期，人们比喜欢"普罗可布"和后来成了

---

① 色当战役发生于1870年9月普法战争时期，是世界近代史上的一次著名战役，结果是普军俘虏了法皇拿破仑三世及其麾下的军队，阿尔萨斯和洛林划归德国，一战后回归法国。

1860～1880年间多菲娜路的马扎林咖啡馆

　　"塔布莱"的卢森堡咖啡馆还要喜欢它。它位于罗特鲁路和
沃吉拉路交会处，常客有波德莱尔、邦维尔和雨果一家。后
来，巴纳斯派在他们的首领勒孔特·德·李勒的吸引下，纷
纷前往"塔布莱"，李勒当时是附近的国会图书馆馆员。前
卫派不去伏尔泰咖啡馆，因为那里没有新诗的气息。

　　伏尔泰咖啡馆是一个宁静而舒适的地方，教授和学生来
这里的二楼抽烟和雪茄——1860年前，一楼是不允许抽烟的。

缪塞的去世，似乎让一家叫做夏庞蒂埃的出版社生意兴隆了起来，夏庞蒂埃在那群大学生当中神气活现。此时，德拉克鲁瓦已经离开他在蒙马尔特的画室，搬来芙丝汀宝广场，他也爱到这里来。

一个晴朗的日子，儒勒·瓦莱斯①走进了伏尔泰咖啡馆，大声地表达他对圣人荷马的蔑视。在这个大家都低声细语的地方，这无异于晴天霹雳！太吵了！于是，反叛之风吹进了这个严肃的地方。这也是慢慢渗入奥德翁广场那家咖啡馆的新精神。一群年轻人，反对旧制、痛斥这个前途渺茫可疑的帝国，纷纷出入各咖啡馆。

瓦莱斯并不是唯一破坏伏尔泰咖啡馆低声谈话的人。还有个年轻的律师，他的桌子成了一张真正的讲台，很多崇拜者围绕着他。那就是雷翁·康贝塔。

瓦莱斯的出现也吸引了一些共和派记者。欧仁·韦梅什重新出版了雅克·赫贝尔的《迪歇纳神甫》，拉乌尔·里戈尔出版了一本言论激烈的小册子《大阴谋》。他们在巴黎公社当中都起着重要作用。

这些咖啡馆也经常举办文学聚餐。1884年，奥古斯特·勒帕热在《巴黎的文艺晚宴》中数了一下有四十来场。这类聚

① 儒勒·瓦莱斯（1832~1885），法国作家，因参加反拿破仑第三的密谋而被捕入狱，获释后生活贫困，常为几家不受政府控制的报刊撰写政论、杂文，抨击和讽刺第二帝国的内外政策，在新闻界以公正大胆著称。

餐现在还在继续。19世纪，这种傍晚聚餐许多都是在圣日耳曼德普雷举行的，吸引了当时文艺界最出名的人物。在"花神""普罗可布""马尼"和"伏尔泰"，每半个月或一个月，作家、诗人、画家都会组织聚会，或者是同乡聚餐。

1862年11月22日，著名的"马尼聚餐"在马泽路（即以前连接圣安德烈艺术路和多菲娜路的孔特卡普–多菲娜路）3号诞生：十年间，世纪末最著名的作家每月两次在那里聚会：戈蒂埃、福楼拜、圣伯夫、埃德蒙、小仲马、乔治·桑。

1862年11月22日星期六，龚古尔兄弟在他们的日记中写道："加瓦尼与放荡不羁的医生韦恩，还有热纳维埃尔、我们以及圣伯夫，每月两次组织晚宴，宾客应该扩大。这一聚会今天开始，第一场晚餐设在马尼咖啡馆。"

1863年4月28日，戈蒂埃写信给古尔蒙："亲爱的大师，我谨荣幸地通知您，昨晚，您被选为马尼聚餐会的成员。"

出身贫寒的马尼，来巴黎寻求发展，起初当洗碗工，1842年，他买下孔特卡普–多菲娜旧马路3号一家酒类专卖店，自己当起了老板。他庆幸自己的第一个顾客是罗西尼。

开始的时候，这不过是一家以大学生为主的廉价饭店。那时，圣米歇尔大街还不存在，大学生的生活中心集中在旧喜剧院路。马尼对咖啡馆的装饰很上心，他有两个大厅和7个包房，想方设法让客人们感到舒适些。他让厨师精心制作高质量的菜肴，注意服务细节，提高价格，很快就在巴黎的饮

十年间，世纪末最著名的作家每月两次在那里聚会：戈蒂埃、福楼拜、
圣伯夫、埃德蒙、小仲马、乔治·桑

食圈有了名气。第二帝国
的成立给他的生意带来了
繁荣。

马尼聚餐的发起人，
弗朗索瓦-奥古斯特·韦
恩，是萨尔佩特里耶尔医
院[①]的住院实习医生，给
许多艺术家和作家们看过
病，如加瓦尼、尚福勒
尔、库尔贝、纳达和穆
热。参加这类晚宴必须符
合某些礼仪，增补新成员
要通过全部成员投票。福
楼拜离开他一天写作十个
小时的克卢瓦塞特隐居
地，来到巴黎散心的时
候，马尼的饭局他一次都
没落下。1866年2月12日，
一位女性被允许参加马尼
晚宴，而且是挽着福楼拜

马尼聚餐，福楼拜一场不缺。他在克卢瓦
塞特茶吧写作，一天写十小时，然后到巴
黎散心

---

① 巴黎医院，在13区。

1898年的修道院路

1899年2月16日，乔治·桑
被允许参加马尼聚餐。那
天，她挽着福楼拜的胳膊神
气地走进了餐厅

的胳膊进来的。她就是乔治·桑。

这些晚宴是圣日耳曼最有文学味的约会。现
在，马泽路已经没有什么意思了，没有留下那家饭
店的任何痕迹。

伽利玛出版社门口有NRF三个字母

迎接20世纪的文学晚宴

　　《新法兰西杂志》的刊名应归功于《边缘》杂志的出版人和主编欧仁·蒙福尔。蒙福尔是文学评论家，经验丰富，受委托主持这份新杂志的编辑工作。当时，《边缘》和《奥美特》已经不再出版，所以《新法兰西杂志》这个时候出版是个绝佳机会，人们现在都用它的字母缩写NRF来称呼它。已经停刊的那两份杂志的作者与它保持着密切的关系，但1908年11月15日第一期出版的时候，大部分创办者都大吃一惊。"从第一行开始，"科波说，"他（蒙福尔）就流露出一些强烈反

莱奥托1934年在"法兰西水星"编辑部

对我们的倾向。这是决裂。"

1908年12月4日星期五，莱奥托在他的《文学日记》中写道："《新法兰西杂志》对他（蒙福尔）来说已经结束。一听到这话，我立即就制止了他，想告诉他说，他那天晚上跟我谈起这本杂志的时候我就预感到了。我的预感没错。'是由于纪德？'我问。正是纪德。这就是事情发生的原因。《新法兰西杂志》第一期里有一篇布朗热写的文章，赞美

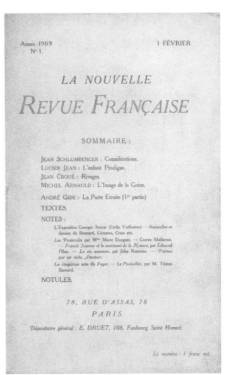

《新法兰西杂志》第一期（正式）

邓南遮①。在杂志的文章介绍中，节选了让-马克·贝纳尔关于马拉美的一篇文章，谈马拉美及其在文学上的无能……据

---

① 加布里埃尔·邓南遮（1863~1938），意大利诗人、记者、小说家、戏剧家和冒险者，常被视作贝尼托·墨索里尼的先驱者，在政治上颇受争议，主要作品有《玫瑰三部曲》。

蒙福尔说，纪德非常不高兴，对那篇文章和那个节选十分不满，说他不能接受在他是创办者之一、编委会成员之一的杂志上赞扬邓南遮，批评马拉美。于是，蒙福尔离开了杂志，带走了三分之二的作者。"

第一期没有发行，1909年2月1日出版的第二期，对读者来说才是第一期。

纪德把《窄门》的第一部分交由杂志发表，让·舒伦贝格、吕西安·让、米歇尔·阿诺尔和让·克鲁埃，以及一些专栏作家给了杂志以新的调子，后被称为"新法兰西杂志精神"。

在雅克·科波的影响下，《新法兰西杂志》准备成立一家剧社，以抗议当时平庸的演出，呼唤古典传统的回归。科波当然被委以全权来领导这件事：这个戏剧评论家希望让戏剧摆脱那些无用的附属品，认为它们遮掩了伟大作品的美，他坚持要招收一些演员，向他们灌输他的原则。他的一个朋友，夏尔·杜林，开始在左岸寻找场地，发现旧哥伦比亚路有一家"雅典－圣日耳曼剧场"，很快就把它改名为旧哥伦比亚剧院。加斯东·伽利玛成了剧院的经理。第一场演出定于1913年10月23日，演的是托马斯·海伍德的《被温柔所害的女人》和莫里哀的《屈打成医》。那是戏剧史上的一个重要日子。

1911年，一个事件让花神咖啡馆沸腾了。有人偷了《蒙娜丽莎》！阿波里奈尔受到了怀疑。然而，在这之前，诗人只

1905年，科波负责改建旧哥伦比亚剧院

开张那天演的是托马斯·海伍德的《被温柔所害的女人》

表示过对伟大的达·芬奇的那幅画的赞赏。而且，他还被指控协助他的秘书偷盗，那是个半痴的逃兵，曾经盗窃过罗浮宫里的腓尼基小雕像。

"当然，阿波里奈尔不会完全相信格莱–皮埃莱这样一个小伙子。那是个被他收留的志愿秘书，疯疯癫癫，具有异国情调，给他提供了一个很好的人物典型，可以用来写故事，给《异端头目及其同伙》补白。谁知道阿波里奈尔会不会无视警方的努力，甚至到了违背公

纪尧姆·阿波里奈尔（1880～1918）是一个意大利军官与一位波兰流亡贵族女儿的私生子，后被遗弃的母亲带到法国。他做过家庭教师、编辑，浪迹于社会的最底层，后来与毕加索等年轻画家结交，开展新美术运动。1913年，他发表《未来主义的反传统》，在绘画和诗歌方面树起了立体未来主义的旗帜。主要诗集有《醇酒集》《图画诗》等。

1913年被盗的《蒙娜丽莎》找回，专家们正在检查

20世纪50年代阿波里奈尔在圣日耳曼大街202号的寓所

民责任感的地步；不知道他是否像我这样，听到那个愚蠢的格莱–皮埃莱好不容易聪明了一回，对可爱的玛丽·洛朗辛说：'玛丽小姐，我要去罗浮宫……您需要什么吗？'"安德烈·萨尔蒙在《无尽的回忆》中这样说。

警长罗贝尔搜查了诗人位于格罗斯路的公寓，拿走了大量信件。他在助手的帮助下，仔细研究了那一大堆信，认真得让并没有心思开玩笑的阿波里奈尔也对萨尔蒙说："没有罗贝尔，我的信件永远不会被整理得那么好。"经过这个风波，阿波里奈尔相信自己再也无法写作了。他的朋友们，记者和诗人，如萨尔蒙、比利、雷内·达里兹、安德烈·图代斯克聚集在花神咖啡馆，决定创办一个杂志，《巴黎晚会》……"以在精神上拯救阿波里奈尔"。

每月25法郎的会费，原则上能保证出版的运行。热情旺盛的达里兹预感杂志的前景会很美好，他已经在想《巴黎晚会》将让《诗歌与散文》和《法兰西信使》黯然失色，或让影响很大的《两个世界杂志》产生阴影。比利、萨尔蒙、图代斯克要比他理性一些，根本不指望杂志会有那么大的发展，更不指望能从这个新机构中获得报酬。

《巴黎晚会》起初是朋友们在阿波里奈尔受到不公平的对待后，为了向他表示信任而创办的。阿波里奈尔与玛丽·洛朗辛分手后，心灰意冷，十分压抑。这位写了《醇酒集》的诗人参加了第96步兵团，以下士的身份上了战场，1916年脑门受伤，做了穿颅术。他获准暂时调往后方的一些单位，后重新开始文学活动，恢复与报纸的合作。第一次世界大战期间，他染上了西班牙天花，1918年11月9日死于巴黎第7区的圣纪尧姆路。

20世纪初，圣日耳曼德普雷还是两个作家相会的好地方。他们一个叫雷米·德·古尔蒙，几乎不露面，不喜社交，看破红尘，每天都待在《法兰西信使》编辑部，他是那份杂志社的创始人之一，有点口吃，脸上有红斑狼疮留下的痕迹，只见很少的几个朋友，如阿波里奈尔、卢韦尔等；另一个叫保尔·莱奥托，是水星出版社的编务秘书，爱讽刺人，为人尖刻，孤僻，愤世嫉俗，他从1893年起就开始写日记。

1905年8月，两人在孔德路26号的水星出版社相遇了，因为准备出版一个集子，斯丹达尔的《文选》。他们长时间地谈论着这部文选，也常常对当时平庸的文学作品发表意见。他们喜欢在奥德翁剧院的拱廊里散步，或在雷米·德·古尔蒙喜欢的花神咖啡馆讨论，那家咖啡馆就位于他的办公室和他位于圣父路的住处之间。

1910年，古尔蒙收到了一本诗集《幕与幕间》，作者署名为娜塔丽-克里福·巴内。这

古尔蒙的世界相当小，他只在家里和杂志社之间来回

是一个57岁的老人，跟母猫和书一起住在圣父路71号6楼的阁楼上。娜塔丽·巴内希望能见到他，以便排遣心中的忧伤，重获生活的信心。他们共同的朋友马拉凯河堤路的出版人兼书商埃杜阿·尚比翁曾在年初介绍他们认识。

巴内小姐是个富裕的美国人，父亲是巴内铁路车厢基金会主席。她很年轻的时候就表现出同性恋倾向，她跟李丽安娜·德普吉和雷内·维维安的爱情在巴黎很出名，古尔蒙并不是不知道。于是，他们俩之间产生了夹杂着爱情的友谊，这样的友谊让圣父路的这个隐居者变了个人，她开始出现在剧院和人群中。古尔蒙这个以写作为生的男人疯狂地爱上了

在他看来代表着智慧与美的女人，给她写了大量的书信：1913年，《给亚马孙女子的私信》出版。

1914年战争爆发时，巴内小姐拒绝前往纽约。1915年9月27日，残疾和生病的古尔蒙，在极其孤独中死于布西科医院。那个亚马孙女子似乎并不经常去看他。

圣日耳曼德普雷的人都熟悉雅可布路20号的那个多利安小教堂，教堂的门楣上刻着"献给友谊"四个字。娜塔丽·巴内于1972年去世，终年93岁，临死之前，她一直在接见巴黎文艺界的上流人士。

1910年，从1月20日开始，塞纳河水便泛出河床，涌入了出版社、书店和画廊的街区。"我们取道马扎兰路和美术胡同，"保尔·莱奥托在他的《文学日记》中这样写道，"塞纳路筑起了一道堤坝，与美术胡同刚好一般高。晚上，我们对面的马路上，所有的店铺都关了，只有几扇门开着，亮着煤气灯。水一直涨到科格兰文具店那么高。"在美术路，人们要划船来往，一个男人头戴西瓜帽，用一根竿子划着一艘没有船桨的船，船尾微微翘起。很快，艾肖德路、雅可布路和波拿巴路都被水淹了。美术路的一个杂货商建了一座小墙，以保护自己的店铺。

"人们成群来到河堤，看塞纳河在河床上泛滥，"人们可以在1月23日的《费加罗报》上读到这样的句子，"两岸之间的河床那么高，好像床垫被重做加厚了。"

1910年1月31日，雅可布路变成了河

1910年1月，塞纳路变成了一条小河

　　尽管不得不把放在店内书架下层的书撤走，书商奥诺雷·尚比翁还是很高兴。建造奥塞车站铁路的时候，河堤被弄得乱七八糟。他写信给巴黎-奥尔莱昂公司投诉，说工程造成了破坏。公司的工程师发出了嘲笑，莱奥托在他的《文学日记》中说，对方批评他反对进步。"你的铁路，"尚比翁回答说，"它以后会被水淹没的！"工程师反驳道："难道您想在专业上教我怎么做吗？您所说的事情是不可能发生的。听好了，永远不会发生！永远！"尚比翁指着不但淹没了铁路隧道，而且也淹没了他的书店的洪水，露出一副胜利者的神气。损失又有什么关系，他以前说的话应验了！

　　很快，巴黎变成了威尼斯，塞纳河成了大水渠。但巴黎人仍然信心十足……Fluctuat nec mergitur①。

　　1914年8月2日，军号声宣布了一个时代的结束。这个时代没有在1900年与19世纪一同结束，却在这天结束了。"动员并非战争。"在花神咖啡馆和双叟咖啡馆，人们互相安慰。年轻的诗人阿波里奈尔、图代斯克、比利和达里兹停止了《巴黎晚会》的出版，他们现在是即将归队的战士。人们在大街上唱道："这

────────────────

①拉丁谚语，意为"任由风吹雨打而不沉"。

是阿尔萨斯和洛林，阿尔萨斯应该归
我们。"这是在向利普酒吧的"莱茵
河畔"告别。

　　逃过死神魔爪的人回来后，发现
圣日耳曼德普雷已今非昔比。那里洋
溢着一种新精神：《新法兰西杂志》
占据了《法兰西信使》无法与之争夺
的地位，它所发表的纪德和克洛岱尔
的作品抹去了古尔蒙所强加的那种象
征主义精神。人们前往蒙帕纳斯，以
一种新的音乐节奏谈论文学。这种迁
徙并非偶然。科波经过漫长的幕间休
息，重开了旧哥伦比亚剧院。这等于
发出了信号，让大家在旧钟楼前重新
集合。

1910年1月的圣伯努瓦路

1938年，比奇、莫尼埃和乔伊斯（左）在莎士比亚书店

莎士比亚书店

　　伏尔泰咖啡馆在休眠几年后重新苏醒了，这完全要归功于两个女人。她们为文学作出的贡献堪称典范：1915年2月，亚德里安娜·莫尼埃在奥德翁路7号开了"书友"书店——开始几年，莫尼埃的书店一直用这个名字；1919年，西尔维亚·比奇在同一条马路的12号开了莎士比亚书店公司。这两家书店成了两次世界大战期间作家和诗人最著名的约会场所。

　　莫尼埃小姐的小书店一开张，就迎来了布鲁东、阿拉贡、苏波、桑德拉尔。雷韦迪则在雅可布的陪同下，手里拿着一本他费尽心血出版的《北南》杂志，请求她帮助发行。雷翁-保尔·福尔格把亚德里安娜当作好友；她对克洛岱尔、儒勒·罗曼的作品所表现出来的热情让两位作家感到很高兴。她的外借图书有一些忠实的客户：保尔·瓦莱里、安德烈·莫洛瓦和瓦雷里·拉被。

　　"书友"组织文学聚会，举办展览和读书会。它不仅仅

莫尼埃在她的书店门口（1918）

是一家书店，更像是一个文学沙龙，成了一个竞争的地方，女主人不可抵挡的热情扫除了种种障碍，鼓励大家去渴求知识与爱情。弗朗索瓦·莫里亚克、保尔·艾吕雅、亨利·米肖、年轻的克洛德·卢瓦和所有的文学爱好者，隔三岔五都会到奥德翁路的这家书店里来。在他们当中，1938～1939年，有阿拉贡，1936年2月12日，他借了克洛岱尔的《给玛丽的消息》；1934年1月8日，西蒙·韦伊带走了《土伦的地掷球》。

莫尼埃在她的书店里

1845年，斯坦在自己位于克里斯蒂娜路的家中，墙上她的画像出自毕加索之手

1937年将出版《尤利西斯》的加斯东·伽利玛和让·保朗十分关注"书友"之家的经验。

亚德里安娜·莫尼埃穿着厚厚的长裙，像她的家乡萨瓦①女人那样紧紧地束着腰，完全像个崇拜文学和艺术的修女。

有利的汇率让更多的美国人爱上了巴黎。画家聚集在蒙帕纳斯，作家出没于圣日耳曼德普雷和奥德翁的那条街，前往"书友"和莎士比亚书店公司搭建的文学圣殿。比奇的英语书店起初位于迪皮特朗路8号，1936年搬到奥德翁路12号，就在亚德里安娜·莫尼埃的书店对面。1903年之后，其他美国名人也来到巴黎，斯坦长期与兄弟雷欧住在

①法国东南部省名，东与意大利接壤，地处阿尔卑斯山区。

一起，后来跟她的女伴爱丽丝·B.托克勒斯住在花神路27号。爱丽丝吸引了被她叫做"垮掉的一代"的整整一代作家。这个美国女文学家也是一个狂热的巴黎前卫艺术品收藏者，热情地关注着毕加索、马蒂斯、布拉克和格里斯的研究。她的自传和回忆录俨然是关于那个时期和她的同代人的资料库。

多亏了西尔维亚·比奇，乔伊斯的《尤利西斯》才在法国翻译出版。关于译者，她首先想起来的是瓦雷里·拉尔博。拉尔博正在准备关于乔伊斯的讲座——他是法国唯一认识乔伊斯的人。但拉尔博没有马上回答，他没有时间翻译，尽管他不得不到奥德翁路的书店去读一些章节。于是莫尼埃求助于书店的一个很年轻的朋

格特鲁德·斯坦（1874～1946），美国作家与诗人，主要在法国生活，现代主义文学与现代艺术的发展中的重要人物。她与哥哥雷欧·斯坦的关系和与爱丽丝·B.托克勒斯的关系很不一般。在她1922年的作品《毛小姐与皮女士》中，"gay"一词出现频率达一百多次，这部小说被认为是最早把"gay"这个词赋予了同性恋的含义。斯坦喜欢社交，她设在巴黎的沙龙吸引了很多文艺界名人。

爱丽丝·B.托克勒斯（1877～1967），美国女作家，原籍波兰，自小学音乐，弹得一手好钢琴，1907年在巴黎结识斯坦，一起住在花神路27号。马蒂斯、毕加索、布拉克等艺术家以及海明威、菲茨杰拉德、王尔德等作家常光顾她们的沙龙。她生活在斯坦的影子里，可以说是斯坦的厨师、秘书、闺蜜、情人、缪斯、编辑和评论家，1933年，斯坦出版了《爱丽丝自传》，引起轰动。在这本书中，斯坦以爱丽丝的口吻讲述了她们俩之间的关系。法国被德国占领期间，她们被流放到法国东部地区的小城，直到1946年斯坦去世才分开。

1941年3月1日，保尔·瓦莱里（中）在奥德翁路18号莫尼埃的寓所里朗读他的《我的浮士德》。许多作家在此朗读过他们的作品，如纪德、克洛岱尔、法尔格和莱奥托

友：雅克·伯努瓦斯特什么的。翻译的难度极大，乔伊斯答应译者每当遇到困难的时候就去见他。不幸的是，由于缺乏时间，《尤利西斯》部分章节的翻译没能完成，当然也就没有出版。而在拉尔博这方面，他也放弃了翻译全书的念头。比奇只好又求助于翻译家奥古斯特·莫雷尔。

　　与作者的漫长讨论推迟了书的出版。1929年，第一批书终于从印刷厂里出来了：一本送给海明威，另一本送给庞德。

　　亚德里安娜·莫尼埃在她的《奥德翁书店》中曾讲述电影制片人爱森斯坦的印象："春天的一个夜晚，奥德翁路不

比奇在自己的书店门口（1936）

比奇与乔伊斯

阿波里奈尔在莫尼埃的书店里
（1916～1917）

著名诗人路易·阿拉贡在莫尼埃
的书店里

再像是一条路。对一条正常
的马路来说，它太窄了，倒
像是某个家庭膳食公寓的宽
大走廊……也许主要是因为
两个女人修长的身材……一
个白发，蓝色的衣服，男士
式样，短裙。她的头顶是个
招牌。奇怪的是，招牌的出
现并没有破坏内心的幻想。
也许是因为上面的字本身也
很奇怪：‘莎士比亚和公
司’；另一位女性——不动
声色，穿着灰色的衣服，
长裙及地。那就是亚德里
安娜·莫尼埃。前面那个
是——西尔维亚·比奇。”

　　法国被占期间，“书
友”继续营业。日常生活
中总会不时发生点小故事。
1940年，莫尼埃小姐在人迹
稀少的巴黎长时间散步时，
遇到了莱奥托：“我正往

比奇与海明威

曾在占领初期作弄德国人的西尔维亚·比奇（1959）

下走的歌剧院路所有的商店都关门了。在圣安娜路，我遇到了莱奥托，他提着食品袋往上走。我根据他的意愿行了个法国军礼，他用手碰了一下帽子，指着行驶着德国摩托和边三轮的大街对我说：'你看，真漂亮。'我没有停下脚步，强笑着回答说：'是的，是很美。'我不知道，"莫尼埃小姐讲道，"他是否把这件事记了下来，反正我记了。那是6月19日。""保尔·莱奥托和我是26年的邻居，从1915年到1941年，直到他离开《法兰西信使》编辑部。总的来说，邻居是个好词汇。"亚德里安娜·莫尼埃在《奥德翁书店》中说。

加尔蒂埃-布瓦西埃在他的《日记》中，记录了比奇如何作弄占领初期的德国人："有一天，德国兵来她位于奥德翁的书店检查英语书，宣布说他们第二天要把库存全都没收。比奇立即向几个朋友求救，把所有的库存都搬到了她的邻居莫尼埃那里，然后在自己的书店里画了一个古董招牌，里面放了一些家具。第二天，德国人开了一辆卡车来，惊讶得目瞪口呆。"

20年代的桂冠获得者

圣日耳曼大街147号的希美尔
剧院，1923年开张

　　喜欢腌酸菜和阿尔萨斯奶酪的人让利普小酒馆繁荣了起来。那时还没到全巴黎的上流社会都来此聚会的时候，但海布拉尔先生对顾客的忠诚从此心中有数了。1920年起，他厌倦了巴黎的生活，决定退出生意，寻找继任者：那个人将是马塞兰·卡兹，老家在阿韦龙河一个叫拉吉奥的村庄，15岁的时候就"上"首都来了。7月，他在妻子克莱芒丝，也就是小罗歇的母亲的帮助下，执掌了"利普"的前途。

　　"圣日耳曼德普雷的客人，"马塞兰·卡兹后来在《利普50年》中写道，"由一些生活很正派安静的常客组成——许多人扎着红色和紫色的丝带！还有一些年轻的大学生，大部分来自美术学校。"

　　这家小酒馆很快就出名了：人们看完演出后余兴未散，都到这里来吃晚饭。桌子和侍应的数量增加了十几倍，好像成了第三共和国众议院的分院。透过稍微挂得有点斜的镜子，从自己的桌边很容易看见刚进来的人。有时，这对政客来说是很有用的。

马塞兰在他的店里（1943）

午夜之后，来接替他们的是巴黎的名流：作家、画家、演员、上流社会或半上流社会人物，他们彼此认识或重新认识，在杯盘的叮当声中互相贺喜。这家小酒馆的名声一直传到了于斯曼大街，那里有个体弱多病的作家把自己关在软木房间里。大战期间，朋友拉蒙·费尔南德斯曾向他夸耀过利普咖啡馆，说那里的啤酒如何新鲜。在他的建议下，马塞尔·普鲁斯特希望去那里尝一尝。他忠诚的塞莱斯特·阿巴莱在《普鲁斯特先生》中写道："我们去那里找。拿着一个瓶子，在有压力的龙头下把瓶子灌满。"

法国和纳瓦尔[①]的名人络绎不绝地来到卡兹先生的店里。他知道每个人的口味：保尔·潘勒韦喜欢棕色的啤酒，保尔·瓦莱里喜欢金啤酒，阿纳托尔·德·蒙奇喜欢喝阿尔

---

① 纳瓦尔正式名称应该叫"纳瓦拉王国"，是西班牙北部一个自治区，前身是一个从法国分裂出来的独立王国，长期受法国统治，1515年与西班牙合并。

萨斯葡萄酒，路易·拉查鲁斯到这里来是为《费加罗报》写文章的，他要求在他手头放一瓶马里亚尼红酒，只有他一个人喝这种酒；人们也能看见阿贝尔·蒂博代在修改文章的清样，然后送到《新法兰西杂志》去，或者看见雷翁·布鲁姆走出众议院回家时嘴里嚼着腌酸菜。

"好好想想，"安德烈·萨尔蒙在《无尽的回忆》中讲述道，"圣日耳曼德普雷的真正发明者，其实是亨利·菲力蓬，他的示范远远早于波伏瓦和萨特。波伏瓦后来坐在一张桌子边，萨特坐在另一张桌前，好像在一个玻璃罩里，向看热闹的人展示不朽的文章是如何写出来的……亨利·菲力蓬总是在圣日耳曼德普雷与人约会，自己却姗姗来迟。由于他在巴黎认识的人多，约会也多，给圣日耳曼德普雷带来了很多客人。"

亨利·菲力蓬是洛特省人，1927年第一次推开双叟咖啡馆的门。他酷爱文学，立志当记者，后来创办了杂志和文学奖。这是个美食家，还热衷于出版关于烹调的图文书。亨利·菲力蓬是幕后掌权人吗？萨尔蒙现在还记得："亨利·菲力蓬可以随便进出任何一家出版社，大家都听他的。他张口闭口都是朋友。但没有一个出版商想过要让他当自己的文学顾问。大家可能都这样想：这没必要，因为他总是免费给大家当参谋。人们还可能认为，亨利·菲力蓬不会接受顾问费，因为那样的话，他就不能到对面的出版社去出主意了。"

利普咖啡店的常客，他们正在给"新年代"奖颁奖。前排：阿雅贝、迪亚尔丹、
法布里、科克托，端酒杯者为法尔格

　　亨利·菲力蓬总是把约会定在"双叟"，那是因为每
天晚上六点左右，他敢肯定能在那里遇到巴黎文学圈所有的
重要人物：雅克·夏尔多纳、斯蒂芬·茨威格、埃德蒙·雅
儒、安德烈·纪德或与萨尔蒙聊天的雷奥·拉吉埃。1929
年，当他创办《短稻草》杂志时，他穷得没钱租办公室，只
好请作者把稿子送到双叟咖啡馆。那时，私人电话还不是太
多，气体传递信件，也就是"小蓝管"，是一种迅速的通讯
方式①。可那又有什么意义，因为人们肯定每天晚上能在"双
叟"遇到自己想遇到的所有的人。

_____

① 19世纪至20世纪中叶欧洲各国常用的一种通过气压和管子来传递邮件的
方式。

1920年，超现实主义者的主要成员：布勒东、查拉、艾吕雅、佩雷

在圣日耳曼德普雷和在别的地方一样，20世纪20年代，涌现出大量的文学杂志，其中有莫尼埃的《银色航船》和雷翁-保尔·法尔格与瓦雷里·拉尔博的《商业》。有的只出版了很短时间。

从1924年起，超现实主义进攻了艺术、科学和哲学领域。那些奋起反抗各种秩序和道德的人来到"双叟"，聚集在安德烈·布勒东的麾下：他们当中有作家、诗人，如阿拉贡、佩雷、阿尔托、艾吕雅、苏波和德斯诺斯；有画家和雕刻家，如马松、恩斯特、阿尔普、达利、米洛和贾科梅蒂[①]，但

[①] 贾科梅蒂（1901~1966），瑞士超现实以及存在主义雕塑大师，画家。

经过20年代的狂热和1925年《宣言》①的各种不同实施办法，内部出现分歧，1930年，布勒东不得不开除了一些朋友。

旧哥伦比亚剧院把参加艺术革新的人都吸引到了圣日耳曼德普雷，雅克·科波在旧雅典圣日耳曼剧院曾试图进行这种改革，弄掉它金光灿烂的东西和四周的点缀。1931年，这个旧剧院的经理在他的《旧哥伦比亚剧院回忆录》中写道："没有什么东西比干净的舞台更让我激动，更能刺激我的想象。"条件也很简陋：路易·儒韦成了一个万能者，什么都得做，一会儿是演员，一会儿是舞台设计，一会儿是建筑师。他甚至去领导一个车间，舞台上所需的东西都在那里修修补补，以最大限度地减少开支。

旧哥伦比亚剧团强大起来了，除了儒韦，瓦朗蒂娜·泰西埃、罗曼·博斯凯、珍·洛里②、夏尔·迪兰和保尔·奥特里也加盟了剧团。至于作者，有安德烈·纪德、儒勒·罗曼、罗歇·马丁·杜加尔、夏尔·维德拉克和亨利·盖翁。

可雅克·科波得面临着严重的财政困难，没有新的经济来源，他就无法继续上演戏剧。1922年，他决定重开戏剧学校，那是他与苏珊娜·宾合作成立，后来为了专心从事旧哥伦比亚剧院的演出停办了。剧团里的骨干也在巴黎的各家剧

①指布勒东起草的超现实主义宣言。
②珍·洛里（1876~1951），法国女演员。

旧哥伦比亚
剧院

院任职，如夏尔·迪兰在"工作室"帮忙，路易·儒韦在香榭丽舍的喜剧院当顾问。

科波独自导演他在《新法兰西杂志》的两个伙伴——安德烈·纪德的《扫罗》和罗歇·马丁·杜加尔的《勒勒神甫的遗嘱》。

但评论界对他刚创作出来并且搬上舞台的《故乡》反应冷淡，这让他很难忍受。尽管周围朋友热情鼓励，他还是深感失望，并从经验中得出结论：戏剧美术方面效果不好，上座率就会成问题，于是他决定关闭剧院。

忘我的工作让舞台艺术和演员的演技都有了长足的发展，之后，雅克·科波便带着女儿、女婿、侄子和若干弟子去了多尔多涅，成立了另一家剧团：科波剧团，大众剧院的一种新尝试。

1920年4月27日，雅克·科波在旧哥伦比亚剧院上演《司卡班的诡计》

科波和他的剧团（1913）

　　旧哥伦比亚的经验并不是唯一的。1926年与夏尔·迪兰、路易·儒韦和乔治·皮托埃夫成立"四人联盟"的加斯东·巴蒂，正在为他的幻象剧团寻找场地。他在圣日耳曼大街找到了一间木棚，那是一个有350个座位的小剧场，外墙由鲍里斯·米切尔斯基设计和装饰。前卫或动作性不强的演出根本就没有收入。1924年，巴蒂离开了圣日耳曼德普雷，前往蒙帕纳斯，剧团在那里找到了一个符合其理想的剧院。

　　1924年，让·科克托成了巴黎各类庆典活动无可争辩的裁判。他在3年前出版的一本充满智慧的小书《小丑的公鸡》中，谴责"让人捧着脑袋听的音乐"。他提倡简朴，抨击奥地利的十二音体系、斯拉夫的现代民歌、拉威尔的节奏，还说德彪西的音乐矫揉造作，呼唤某种"法兰西的法国音乐"。他所领导的那群年轻的音乐人在旧哥伦比亚剧场的音乐会上让大家熟悉了他们的作品，他们是乔治·奥里克、路易·迪雷、阿尔蒂尔·奥内热、达里尤斯·米约、弗朗西斯·普兰克和热尔曼妮·塔耶费尔。

1920年，评论家亨利·科莱把他们叫做"六人组"。科克托替他们起草了宣言，后来又向他们推荐了滑稽芭蕾舞《埃菲尔铁塔的新婚者》的音乐。只有在这件事上，他们才团结一致，忠于他们的良师益友制定的规则。

"旧哥伦比亚"，是复兴科波的戏剧艺术的剧院，因此也成了法国音乐在圣日耳曼德普雷中心地段新生的剧院。

1950年前后的"六人组"

1933年，第一届双叟文学奖的评委会

第一批文学奖

麦当娜在"利普"

20世纪30年代，去乡下过周末还没有成为巴黎人的不可动摇的习惯，人们更愿意到利普小酒馆吃饭。1947年，安德烈·伯克莱在他的《与雷翁－保尔·法尔格度周末》中是这样说的："我又回想起一个星期六我们在利普咖啡馆吃饭的情形。老朋友们在一起吃饭，简直就像

夏尔·莫拉，利普咖啡馆的一个常客，1938年被选入法兰西学院

吃团餐一样：波斯特夫妇，阿加特·瓦莱里和她的丈夫，保尔·卢阿尔、我太太、德孔一家、圣埃克絮佩里和法尔格：一场朋友间的聚会。在旋转着跳舞的人当中，可以看到毕加索、玛丽–路易·德·克鲁索、罗贝尔·德·比里、乔治·比多尔、卡尔科的身影。在人们所谓的1939年事件之前，'利普'就像是一个活动中心，上百次被人描写，比如蒂博代和法尔格。"法尔格本人曾说："人们在那里看到一些郁郁寡欢、忧心忡忡的人，有的人涂着指甲，像是金匠花龟的翅，甚至像是可以食用的对虾。外面，公共汽车像温厚的大象，在让人开心的巴黎溜达，高兴地转向侧道，把一个半是惊愕

半在诱惑的女子送到陌生男人身边；被掐死的梦游者，内心单纯的人，各种诗人、机械工、官员、检察官、失望者和循规蹈矩的闲人，跟将军和外交官一样都春心荡漾。"

法尔格信誓旦旦地说，圣日耳曼德普雷是了解世界新闻的最佳地方

法尔格令人惊讶、搞怪、奇特。在利普咖啡馆，他往往点一个小牛肉三明治，一品脱烧开的维希矿泉水，4盒英国香烟和3盒瑞典火柴，特别得很。手边有了这些乱七八糟的东西，这个"巴黎步行者"就满足了，然后用"这种细腻多于类比的语言"，讲述了他在粗鲁无礼的巴黎最后的出走。

1939年，他信誓旦旦地说，圣日耳曼德普雷是了解世界新闻的最佳地方，可以知道"在一天当中发生了什么，新内阁、新泽西州拳击赛、守旧的大奖、文坛上的倾轧、右岸男高音比赛或哪里发生了争吵。圣日耳曼广场的常客们是最先得知秘密约会或比赛结果的人。事实上，这个广场因那三家今天与国家机关同样出名的咖啡馆而活着、呼吸、心跳和睡眠"。

他也在左岸的中心发现
了种种神奇和美好的事物。坐
在圣絮尔皮斯广场的一张长凳
上，一边是蒙帕纳斯徒劳的激
情，另一边是圣日耳曼德普雷
新近的喧闹。他喜欢这个安静
的小岛，鸽子在维斯孔蒂喷泉
四周走着，4个大主教，博须
埃、马西龙、费纳龙和弗莱西
埃高高地矗立着，铁面无私
地保护着法律。他们的头顶，
是4只凶猛但被拔掉牙齿的狮
子。

安德烈·德·里肖在双叟咖啡馆读
《绝不妥协》（1933）

1933年12月7日，报贩们
来到了双叟咖啡馆兜售晚报
《绝不妥协》："龚古尔奖颁
给安德烈·马尔罗的《人类
状况》。"这已经是第四轮投票，五票对保尔·尼赞的《安
托万·布洛耶》，马尔罗的书得奖了。消息传到了罗歇·维
特拉克和马丁纳的耳朵里，那是咖啡馆的两根台柱，他们正
在喝开胃酒。"我们为什么不自己设一个文学奖呢？"马丁
纳对罗歇·维特拉克说，"我们在'双叟'的朋友们当中选

出13个成员，成立一个评委会。每人出100法郎，就有1300法郎了，不少了。"龚古尔奖成立时只有5000法郎，现在是50法郎。罗歇表示同意，两人立即拟了一个评委会名单：雅克·巴隆、米歇尔·雷里斯、乔治·里博蒙–德赛涅、罗歇·维特拉克，这四个人都是1929年被安德烈·布勒东开除出超现实主义运动的；画家方面有加斯东–路易·鲁、阿尔弗雷德·雅尼奥、安德烈·德兰；诗人方面有罗贝尔·德斯诺斯、图书馆馆员马丁纳、《短稻草》杂志主编亨利·菲利蓬，作家安德烈·德·里肖、阿尔芒·梅格莱、伊萨克·格伦贝尔。他们决定通过气体传送的信件召集评委于当天傍晚5点开会。

亨利·菲利蓬被任命为秘书长，他在回忆录中讲述道，几乎所有的人都回答说参会。6点左右，举手表决，投票通过把奖颁给一部处女作，一个名叫雷蒙·格诺的年轻小说家的作品《麻烦事》，是伽利玛出版社出的。

获奖者快乐地与朋友和评委们庆祝自己的胜利，把奖金都花了。这是大家凑的份子钱。可以说是短期投资吧！第二天，"双叟"的老板布雷先生从报纸上得知创办了这个奖，马上告诉评委们，以后，这个奖由他资助！

埃德蒙·雅儒在《文学新闻》上用了六栏文字来赞扬双叟奖！双叟奖严肃地接受了他的诏书。

圣日耳曼德普雷最初几个的文学奖的颁发不乏这样好玩

雅克·夏多内和他的妻子卡米尔（1935）。这位
小说家1920年曾主持斯多克出版社的工作，常来
"双叟"寻找作者

普雷维尔在某露天咖啡馆（1930）

亨利·菲利蓬（左）和科特·威尔（1933）。菲利
蓬曾是圣日耳曼德普雷文学咖啡馆的主持人

的故事。双叟奖连续两年把奖颁给了自己的评委！ 1935年由艾蒂安·法图医生（他是该街区咖啡馆的忠实顾客——到死之前一直是双叟奖和卡兹奖的评委）发起的卡兹奖，颁给了"巴黎幕布"戏剧公司，以表彰它上演了罗歇·维特拉克的《恶作剧》和安德烈·德·里肖的《白衣男人》。于是，这些先生们可以心安理得地拿这两家咖啡馆老板的钱来款待他们的朋友了：有几百法郎啊！

1950年，亨利·菲利蓬在《圣日耳曼德普雷历书》中承认，"卡兹奖的诞生有些混乱之处，因为并没有真正的评委会。"不过，几天后，在马塞兰·卡兹的要求下，评委会成立了，安德烈·萨尔蒙任主席。

亨利·菲利蓬是评委会的秘书长，评委包括乔治·布隆、罗贝尔·布拉西拉克、艾蒂安·法图、让·福兰、罗歇·吉隆、让·鲁伯、蒂埃里·莫尼埃和爱德华·佩松。从第二年开始，1936年，评委会把奖颁给了诗人皮埃尔·阿贝尔-比罗的《格拉比努罗》。卡兹奖显得很有出息，因为之后的获奖者将是蒂德·莫尼埃、克莱贝尔·黑腾斯、马利尤斯·里夏尔和安德烈·卡雅特。

1940年，乔治·布隆和布拉西拉克辞职，换上了马利尤斯·里夏尔和勒内·佩尔努。后来轮到蒂埃里·莫尼埃和让·鲁伯走人了，代替他们的是莫里斯·丰伯尔和奥利维埃·塞尚。阿贝尔·帕拉兹的小说《全身赤裸的国王》获得了巨大成功。1943年，让·普罗阿尔的《伦巴第人呼吸的地方》、1944年皮埃尔·蒂塞尔的《55个小时的战争》从马塞兰·卡兹手中接过了桂冠。

菲利蓬这个人道主义者，那是20世纪最后的诚实人之一，后来坐上了那个荣耀的位置：圣日耳曼德普雷这个巴黎城中村的文学主持人。

德占时期的钟楼

停战协议签订后，首都的生活有了一点生机，但德国占领军颁发了宵禁令，不允许巴黎人离开自己所居住的街区。对于圣日耳曼德普雷这个"村"的村民们来说，花神咖啡馆有点像商业路的那家咖啡馆：人们在那里谈论时事，交换商店的地址以便采购物品。那些很不幸家里不再有暖气的人聚集在这里，围着高高地放在一楼中心的炉子烧木屑取暖。在咖啡馆写作是老传统了，但今天成了必须。在寒冷中没法写作。

保尔·布巴尔说（这些话收集在1974年出版的《圣日耳曼德普雷手册中》）："1942年前后，我看见一位先生从开门起一直待到中午，然后又从下午一直待到关门。他经常带着一位女士，两人往往分别坐在隔得远远的桌子边……我很长时间都不知道他们是谁。下午，在二楼的大堂里，总能看见他们带着厚厚的文件夹，在稿纸上写个没完。"直到一天下午，有人要萨特先生听电话，布巴尔才知道那个坚定不移的客人的名字。让-保尔萨特后来成了老板的熟人，他的电话太多了，布巴尔不得不给他提供一条专线。

对巴黎人来说，这是一个艰难的时刻：缺煤、缺电，地铁站关了，电影院取消了下午的场次。自来水经常断，蜡烛很难弄到。

隆冬时节，西蒙娜·德·波伏瓦设法咖啡馆一开门就进来，以占据最靠近火炉暖气管的位置。

穿着蓝色围裙的布巴尔打开门，大声嚷嚷着向洗碗工发号施令，撵走推销员，而两个侍应，让和帕斯卡尔——小调

严肃的萨特终于被逗笑了　　　　"花神"的老板布巴尔（左）和布拉瑟尔夫妇

巴黎解放后,福克纳(右)和《纽约客》的记者雅内特·弗拉内在"双叟"

1943年的双叟咖啡馆

皮们都叫他们笛卡尔[①]——则在评论时事。1942年,让-保尔·萨特是这样划分圣日耳曼德普雷每个咖啡馆的客人的:"双叟"属于年老的文学爱好者,"花神"是年轻的文学爱好者出没的地方,"利普"小酒馆是政治爱好者的天地。

这种判断未免有点简单。有的年轻人更喜欢光顾"花神"的咖啡座,政客们大多去"利普"吃饭,这没错,但界定"双叟"的常客可不容易。

德占时期,"花神"只关心三件事,萨特解释说:一个锅、不让德国人进来、地铁。1943年,西蒙娜·德·波伏瓦就是在那里遇到了加缪,抵抗组织的一个战士。也是在那里,萨特-波

[①] 帕斯卡尔和笛卡尔均为法国17世纪著名的哲学家。

伏瓦伉俪认识了让·科克多崇拜的大作家的让·热内。另一些客人，蒂埃里·莫尼埃、多米尼克·奥利、雅克·奥蒂贝尔蒂或阿尔蒂尔·阿达莫夫也到这里来

波伏瓦在双叟咖啡馆写作（1945）

看书写作。在"双叟"，有些人可以在战争期间的严冬暖暖地写作。萨特-波伏瓦伉俪如果不是在花神咖啡馆，便是在这里。现在，他们当年所坐的座椅钉上了纪念铜板。能够坐在代表日耳曼荣耀的椅子上，许多人感到这是莫大的荣幸和真正的恩赐。

像巴黎的大多数咖啡馆一样，"利普"也是晚上10点关门。常客们傍晚到来，喝一杯啤酒。人们在那里最常见到的是埃斯佩泽尔、马克埃斯内、布特隆、马龙，这四个人都毕业于法国文献学院，雷翁-保尔·法尔格把他最先的这四个食伴叫做"古文献四君子"。

巴黎一解放，律师亨利·托莱斯、莫里斯·卡尔松、作曲家莫里斯·伊凡、亨利·索盖、电影工作者勒内克莱尔、安德烈·卡雅特、马克、伊夫·阿雷格莱、路易·达甘和普

1943年，萨特（右一）在花神咖啡馆。这一年，他和波伏瓦在这里认识了加缪和热内

雷韦尔兄弟就回来了。"利普"重新迎来了它的老朋友们。

1946年，让-保尔·萨特在雷蒙·阿隆、莫里斯·梅洛-蓬蒂、西蒙娜·德·波伏瓦和米歇尔·莱里斯支持下，创办了《现代》，杂志社设在伽利玛出版社，面向所有想表达意见的法国左派知识分子，即法共拒绝联合的左派，第一期发表了一篇署名为卡纳帕的文章。

在《行动》周刊一篇相当激烈的文章中，亨利·勒费弗指责萨特在《存在与虚无》中对马克思主义非常消极，都是重复了几百遍的废话，说萨特向读者隐瞒了时代的重大问题。

萨特、维昂（中）和波伏瓦在花神咖啡馆

1940年的朗姆咖啡馆

诗人莫里斯·韦伯尔1943年在利普咖啡馆

不久，莫布朗和加罗迪也忍不住强烈谴责萨特，说他让年轻人远离了马克思主义。人们在《现代》中已读不到一行共产主义的文字。

不过，梅洛-蓬蒂还想继续跟他们对话，他在第11期中作了解释，但《行动》的答复只能让他们对《现代》所阐述的主张态度更加坚决。随着存在主义扩大和流行，冲突加剧了。

4月，博弗雷，《合流》的一个作者，在旧哥伦比亚剧院组织了一场关于存在主义的讲座，当时存在主义已经取得了重大的胜利。

《行动》针对黑人文学[①]，就"是否应该烧毁卡夫卡"这

---

① 指第一次世界大战后在美国、非洲等地兴起的以黑人作家为主的文学。

一主题展开了调查。在数百个答
复中，只有一个人说应该。

　　萨特成了很好的打击目标，
辱骂来自左派也来自右派："虚
无的哲学家"、"歌颂污泥浊水的
人"。

　　萨特这个公共的敌人，后来
写道："对于我来说，出名就意
味着招来仇恨。"

　　对某些人来说，解放是与对
手算账的机会。有时，会对那些
在黑暗年代并非无可挑剔的人进
行疯狂的报复。有些人认为，文

萨特（中）和他的《现代》编辑
部成员在"花神"

学对法国人来说曾是一种道德支柱，而有的人则不允许与占
领者有任何接触。像在别的领域一样，文坛也没能避开这一
争论。这种争论永远没有个完。

　　现在，人们想忘记占领者一踏上法国的领土，140个出版
人就急匆匆地签订同意书刊检查的条款，以便能继续进行有
利可图的交易。有些人见风使舵，以保证法国文学的生存，
而有的人则把指挥棒交给了纳粹。如何区别他们并非易事。
仇恨就此诞生，有时甚至还很强烈，持续了半个多世纪。

　　成立国家作家委员会，在文学领域进行清算，并不总是能保持公正。非官方组织永远得不到公共权力部门的正式承认，尽管韦尔科在积极行动。戴高乐曾邀请他去爱丽舍宫，他后来说在吃饭时谈清算作家和出版家的事不合适。大家觉得政府好像并不想插手这种混乱局面。

关于罪犯名单和要实行的惩罚，CNE①的成员从来就没能达成一致。随着时间的推移，人们发现，那些年的狂热和激动丝毫没有改变战后的出版结构。

新闻界人士的行为则完全相反。巴黎解放后，与德国合作的机构受到了抵抗运动组织记者的攻击。对那些在报纸上写过文章或在电台工作过的人，司法判决十分严厉。保尔·沙克、罗贝尔·布拉西拉克、让·吕歇尔、让·埃罗德-帕基被枪毙了。马塞尔·戴阿一家和阿尔封斯·德·夏多布里昂逃跑了，被缺席判决死刑。

---

① "国家作家委员会"缩写。这是抵抗时期法国的一个知识分子组织。

《新法兰西杂志》办公室，中间是马尔罗，两边有克雷米厄、纪德、保朗和苏佩维里埃

还是在《新法兰西杂志》办公室，前排作者的是瓦莱里和法尔格。其余，从左到右：阿尔朗、马尔罗、苏佩维里埃和保朗

格拉塞（左）和雷蒙·拉迪盖（1923）

萨特在波拿巴路（1959）

格拉塞（中），他的左边是让·布朗萨，右边是格拉塞出版社的总编贝尔纳·普里瓦及格拉塞的侄子（1950）

相约在圣日耳曼德普雷

圣日耳曼广场，双叟咖啡馆和波拿巴咖啡馆（1949）

1958年7月14日国庆节

圣日耳曼大街上，皇家圣日耳曼和双叟咖啡馆面对面

人们把他叫做圣日耳曼德普雷的隐士、哲人、魔术师、可敬的乡村卫士，还有许多别的外号。诗人雷奥·拉吉埃是该区最真实的人物之一，《圣日耳曼德普雷，我的村庄》的作者，他在逛书店和附近的古董店时随手收集了那么多书籍、画作和物品，以至于他位于圣伯努瓦路一栋旧楼6层的住所已经没有什么活动的空间。

"他披着白色的围巾，一头长发，就像《艾那尼》首演时①那样的长发，戴着宽边毡帽，用高级拐杖推开挨得太近的狗，这些，都已经属于巴黎这个街区的风情史。"1941年，弗朗西斯·卡尔科在《巴黎忆旧》中写道。他常常在"双叟"遇到那位诗人。

---

① 1830年，雨果的戏剧《艾那尼》在巴黎首演时，引发了"新旧之争"，标志着法国浪漫主义对古典主义的彻底胜利。

雷奥·拉吉埃 1947年在圣伯努瓦路自己的家中

　　雷奥·拉吉埃从来不曾离开过他亲爱的左岸，只是偶尔会跨过塞纳河，去特鲁昂饭店跟龚古尔学院的同事会面；有时也会推开克里尼昂古的大门，去跳蚤市场淘宝。

　　他常在圣日耳曼德普雷散步，对那里赞叹不已："如果你去那个区逛过，你就会想在那里度过一生。我们可以在无数巴尔扎克式的旅馆租一个学生房间，到文具店买作业本和墨水，那里的生意当然很红火，因为就靠近学校。我们可以在那里写写东西，不仅仅写巴黎的美丽故事，也可以写写法国历史上最伟大的章节。"

　　1950年11月30日，他去世的时候，人们对圣日耳曼德普雷的偏爱达到了顶点。他亲爱的圣伯努瓦路，以前相当平静，像是外省的马路，现在已经成为巴黎夜生活最热闹的主干道之一。从雅可布路到圣日耳曼大街非经过那里不可，那里的酒吧和饭店吸引了"夜巴黎"的所有游人。

　　诗人去世了，去了世界的另一端。他离开了他的旧街区，用对他来说已经成为地狱的东西来换取天堂。

　　如同"普罗可布""那不勒斯人""瓦歇特""伏尔泰"和旧圣日耳曼德普雷一些饭店里的诗人、作家和记者所想象的那样，巴黎解放后，咖啡馆复活了。

　　花神咖啡馆变得时尚了，让它的老板保尔·巴布尔大惑不解。原来，权威大报发表了关于咖啡馆的文章和照片。据说，有的外国报纸打算让特派记者常驻那里：由此可见这个

保尔·巴布尔（左），花神咖啡馆的老板及其伙计帕斯卡尔（1947）

区已时尚到何等程度。

许多好奇者涌到露天咖啡座想呼吸一下存在主义的空气，看看圣日耳曼德普雷人到底长什么样。如果说，双叟咖啡馆找到了不再隐居的老客人，其他咖啡馆却永远也做不到这一点了：马克斯·雅可布、罗贝尔·德斯诺斯、让·普雷沃斯特、让·吉罗杜、罗贝尔·德诺埃尔、雅克·班维尔、苏安娜·瓦拉东、雷翁-保尔·法尔格都去世了。死亡集中营、抵抗运动和疾病已经让熟客的队伍变得稀稀拉拉。法国的解放并没有解决物资供给问题。在双叟咖啡馆，特权者前来购买面包商定额分配给他们的一点面包和烟草商配给的香烟。

新来的顾客们发现了招牌古老的咖啡馆具有持久的魅力。一有什么事，某些周刊便会把圣日耳曼德普雷当作是年轻的知识分子的约会场所。那些年轻人思想开放，甚至有点喜欢搞事。很久没有开心过了，许多人急忙来到那里，以超过允许范围的高分贝，大声表达他们生活的快乐。

从1948年到1950年，名作家在双叟咖啡馆或花神咖啡馆不可能不被人发现了。游客们往往像看关在笼子里的动物那样看他们，他们只好跑到王家桥饭店地下的一家僻静的小酒吧里去。在那里像在"德卡梅隆"（那是另一家酒吧，不过是在地面上的）一样，有许多来自"伽利玛""圆桌""德诺埃尔"和"朱里亚尔"等出版社的大猛兽和小食肉动物前来喝水。全都是来自同一个圈子里的人。

"花神"的常客们

意大利超现实画派大师乔治·德·基里科在花神咖啡馆（1948）

1949年5月，美国小说家尼尔逊·阿格伦来到了巴黎，他写过《金臂人》，由鲍里斯·维昂译成法文。他后来成了波伏瓦的情人，也常来花神咖啡馆。

泽特和米歇尔·莱里斯，根据时间的不同可加上让·科、贝尔纳·弗兰克、罗贝尔·西比翁或米歇勒·维昂——米歇勒跟萨特的关系谁都知道[1]，这些被萨特—波伏瓦亲密地叫做"家人"的朋友，热情地欢迎这个已在《现代》发表过不太礼貌的文章的美国人。小个子的萨特把身材高大的尼尔逊·阿格伦拖到花神咖啡馆里，滔滔不绝地跟他聊天。这个美国人一句都听不懂，博斯特·让·科以及朱丽叶特·格蕾

————————————

① 米歇勒是鲍里斯·维昂的太太，她是萨特的恋人。

米歇勒与波伏瓦

米歇勒与萨特

科、安娜–玛丽·卡扎莉丝、穆鲁迪
和鲍里斯·维昂在等待他们。这个
小圈子里的人都围在这个小说家身
边，他在这个烟雾腾腾的环境中被
自己的到来所引起的轰动震惊了。

尼尔逊·阿格伦

　　尼尔逊·阿格伦后来写了一
篇文章，讲述这一情景，显得十分
坦诚，其中也谈到与其他许多的相
遇。米歇勒·维昂给阿格伦当翻译。在她的帮助下，阿格伦
终于可以参加小型庆典了。"多亏了她，"1960年，阿格伦在
《在小咖啡馆的最后一个圆舞》中写道，"我可以跟他们一
起说，一起笑，加入他们的行列当中了。在整个晚上，我也
成了一个存在主义者。"

　　尼尔逊·阿格伦表面放松，心里其实很羞涩，他常常很

孤独，和大家在一起时一言不发，让人感到很担心。在一段时间里，他是圣日耳曼德普雷的宠儿。博斯特宣布说，阿格伦在最近的美国投票中把票投给了瓦拉斯，当时，他还以为会让众人大吃一惊，但在这个街区，又有谁知道瓦拉斯？

双叟咖啡馆的露天座（1956）

双叟咖啡馆有两个露天平台，占据了圣日耳曼德普雷街区的最佳位置。夏天，当面向教堂的所有位置都被占满时，人们便到海滨城市多维尔的木板上去见面。

这个家族企业的管理层很重视自己的"文学咖啡馆"名声，从1933年起，双叟奖一直在颁发。大堂里保持着传统的装饰和服务：男侍应穿着圆下摆短上衣，系白色围裙。意大利浓缩咖啡配一杯白开水，报纸挂在木板条上，顾客们可以自取阅读。

这家咖啡馆老板的名气当然没有"花神"的保尔·布巴尔或"利普"的马塞兰·卡兹那么大。事实上，他不声不响，名字从来没有出现在圣日耳曼德普雷的报纸专栏上，而总是消失在他的客人身后。这些客人，随便哪个都是名家：奥斯卡·王尔德、斯蒂芬·茨威格、威廉·福克纳、阿贝

利普咖啡馆的老板，父亲马塞兰和儿子罗歇（1960）

尔·莫拉维亚等。

"利普"非常时尚，里面的座位安排很有讲究。二楼和一楼的区别相当明显：一楼是留给名人的，二楼是给偶然来的客人坐的。对于利普的老顾客来说，走上那座小楼梯是不可思议的事情，那种流放是身败名裂的迹象。常客们宁愿长久地等待，以便最后能坐在一楼的位置上。外省人的那种吵吵嚷嚷的庆祝与老顾客的圈子井水不犯河水。

这个腌酸菜的圣殿有自己的礼节和规矩。有的人会成为监视的目标，不能让那些被允许进入这个圣殿的新来者太随心所欲。小酒馆里挂着牌子，上面写着要遵守的规则，比如支票如何支付，爱抽烟的必须戒烟。至于狗吗，可以带进来，但不希望让它坐在凳子上或趴在桌底。如果不遵守这些规则，会遭到一些报复，如等待的时间会被延长。

罗歇·尼米埃在《作家们蠢吗？》当中，把圣日耳曼德普雷比作一座巨大的淑女桥，"穿着制服的小老头在那里徘徊，追寻他们逝去的年华，像积攒烟头一样把它们积攒起来"。他还说，在圣日耳曼教堂、圣絮尔皮斯广场、荣军院广场和众议院区域，获得国家荣誉勋章的人最多。这无疑是利普咖啡馆犯下的错误：它的客人当中有许多是议员，于是它便成了培养勋章获得者的摇篮，获"骑士""军官"和"司令官"①勋章的人数不胜数。

人们提起圣日耳曼皇家咖啡馆时总是一副居高临下、不屑一顾的神气。在"三巨头"——"花神""双叟"和"利普"看来，以前叫做"杜蓬"的这家咖啡馆是个穷亲戚。人们怀疑它的高雅，不相信街区的知识分子会到那里去，去那里的不过是一些一文不名的年轻人，没有什么知识和文化。

"杜蓬"位于圣日耳曼大街和雷内路交会处，地段无疑让人羡慕，但这个各国游客经常来往的地方，从来没有达到文学咖啡馆的程度。尽管那些"心理学家"，因不合时宜的喧闹而被布巴尔从"花神"赶出来的年轻的文学团体，在霓虹灯下，胳膊肘支在半圆形的紫铜大柜台上，热烈地讨论着

---

① 法国的荣誉勋章分"骑士""军官"和"司令官"三级。

什么。最后，老板只好把地方让给了一家意大利时装店。

这一被文学史忘记的运动选择了"皇家圣日耳曼"，其成员很快就被新加入存在主义的人和不敢挑衅"三巨头"精英的好奇者所跟随。

于是，在这之前一直客人稀少的这家大咖啡馆热闹起来，像是"调度站的一个自助餐厅"。证人之一，莫里斯-保尔·孔特在《1950年圣日耳曼德普雷历书》中说，他记得在那里见到过画家沃尔斯经常在喝东西，阿特兰嬷嬷则身后跟着理工大学脸上长着青春痘的大学生。

当咖啡馆被游客们所占领，真正的圣日耳曼德普雷人便躲到了时尚的酒吧里：圣伯努瓦路的书店酒吧和蒙大拿酒吧，那是影迷们最喜欢的地方，制片人、导演和没有档期的

圣伯努瓦路有无数的咖啡馆、饭店、书店、俱乐部

演员常去那里。人们在那里肯定能遇到路易·达甘、亚历山德拉·阿斯特吕克、伊夫·阿雷格莱或马塞尔·克拉韦纳。

在同一条路的那家修道院，旅居巴黎的英国人挤在狭窄的戈尔东·希思酒吧里，在吉他声中听古老的英国歌谣。

在雅可布路，人们在夜晚聚集在雷奥·费莱的钢琴四周，他所演奏的充满诗意的歌曲第二天便被人们传唱。

50年代，小酒馆非常流行。旧哥伦比亚剧院附近红十字路口的"十字路口酒馆"，是戏剧界人士的聚会场所，如米歇尔·德雷、罗曼·魏因加藤和罗歇·布兰。"圣克洛德"是处于狄德罗雕像阴影下的一家咖啡馆兼烟草店。这座雕像立在利普餐厅前面，挡住卡兹先生的客人们的视线。后来，那位"百科全书先生"被搬到了雅克-科波小广场，圣日耳曼大街141–145号，背对着"毛头小伙"书店，对自1943年以来就用精美的原版现代插图版、石印画或画册来装饰的橱窗也无动于衷。

战后几年，人们也经常到福尔路的"高卢啤酒"和"夏尔洛"，或者是巴克路早就被安托万·布隆丹和他的朋友们占领的"巴尔巴克"，又或者是圣日耳曼大街上的"布朗什王后"。

"马比翁"早上6点就开门，迎接年轻的作家、流亡的波兰政府成员以及《雅努斯》杂志的主编达尼埃尔·莫洛克。

圣日耳曼德普雷的黑人则选择"马比翁"对面的"绿

廊"，夜幕降临时，他们轻轻地哼唱着黑人圣歌。

至于阿根廷人，他们选择了栖心路的绿洲咖啡馆。

毕加索的朋友们则在奥古斯都大帝路的"卡塔兰"吃饭，就在大师的画室对面。这条马路上的"双阶"，既是杂货店、咖啡店，又是饭店，过去，超现实主义者经常光临，现在是科西嘉文学青年的领地。画家索罗、佩内、艾费尔和贝鲁斯经常在王子先生路的"保尔王子"约会，雅克·塔蒂喝完酒后会来找他们唱歌。

而"马蒂尼的朗姆"——现在简称"朗姆"，它和"瓜德卢普"一道维护潘趣酒的名声——那是文人、记者、出版人和画家不得不去的聚会场所。

如果说导游没有介绍圣日耳曼德普雷的饭店，那是因为这里根本没有值得一看的大饭店。人们喜欢手里拿着东西边走边吃，而不愿在哪家虚张声势地装饰着路易十五时期的饭店大堂里坐下来。简单点没关系，重要的是能坐在露天咖啡座上炫耀一番。就像雷翁-保尔·法尔格1946年在《回纹》中所写的那样："亲爱的圣日耳曼德普雷，失恋者和未成名的艺术家在这里有机会能与绝顶聪明的天才和电影院里的小流氓喝烧酒，一个散发着现代气息的女孩脉脉含情地看着你，隐约有点失望。"里奇潘年轻时是个骄傲的流浪诗人，他曾对她们喊道："出轨尚早！"

那些聚在奥古斯都大帝路的"卡塔兰"听吉他的人，有时

雅可布路的"杀手"咖啡馆

圣日耳曼大街的朗姆咖啡馆

塞纳路和卡罗路口的帕莱特咖啡馆

普罗可布咖啡馆

1948年，达利（右）和导演西昂比在
"杀手"咖啡馆

利普咖啡馆
的巨大名声
吸引了住在
右岸的普鲁
斯特

维维安·利和让·马莱在普罗可布咖啡馆

"小圣伯努瓦"饭店确实很小，客人们都紧挨着，可在40年代，作家们都爱到这里来吃饭

萨特在普罗可布咖啡馆

巴斯克风味的凡达饭店（1954）

可以看见对面的邻居毕加索在夜晚时分离开自己的画室，来
与朋友们相会。

别忘了老"普罗可布"。1900年，泰纳女男爵去世后，由
于在找到的19份遗嘱中，找不到真正的遗产继承人，咖啡馆被
拍卖，结果被公共救济事业局拍得。新主人不得以任何方式
破坏墙面上著名的徽标：这是出让的条件之一。直到1940年，
它才转卖给荣基埃夫人。她想扩大生意，却遇到了新问题。
咖啡馆关门了，1957年才重新找到了买主：德鲁桑先生。他
想尽办法复兴旧"普罗可布"，但这样的话，必须给它"第二
春"，更新已经非常破败的装饰。

雅克·布雷内主编的文学杂志《四季手册》在那里组织
了数场晚宴，来了很多名作家，其中有玛丽-劳尔·德·诺阿
伊、马塞尔·儒昂多、让-路易·屈尔蒂斯、让·弗洛斯蒂
埃、乔治·博尔戈、让·奥里厄和让-路易·博里以及许多评
论家和记者。

让那些华而不实的佳肴见鬼去吧！在"小圣伯努瓦"，
人们脚踏实地，眼观"钢琴"。在多年不变的装饰中，人们
在那里遇到了圣日耳曼德普雷的许多名人。只要天晴，它狭
小的露天咖啡座就会被来自四面八方的游客所占领。他们在
旧酒馆热情的气氛中，来寻找圣日耳曼德普雷的青春。

在"卡尔韦"，周二的公鸡肉馅在30年代就已经很出
名。其他日子，人们可以在圣日耳曼大街165号品尝焖鹅肉

冻和洛特①馅饼。弗朗索瓦·卡尔韦是一个出名的洛特人，有时也做烩什锦，不少人现在还有印象。战后，雅克·夏尔多纳最喜欢去那里，他在那里教一些好吃的追随者如何吃得讲究，在莫里亚克的注视下，品尝索泰尔纳白葡萄酒，吃鹅肝酱，装模作样地给客人选择葡萄酒。人们也会在那里遇到让·科克多、克里斯蒂昂·贝拉尔和西蒙娜·勒南。

后来，饭店的老板换了又换，但再也没有人能做出这样简单而高质量的东西。现在的"卡尔韦"已经不是当年的"卡尔韦"。

在这条马路和河堤路交会的地方，"秘鲁女人"的大小包房不再像过去的"福约"那样讲究。那些华丽的装饰已经过时，让人觉得那里更像是生意人的场所，而不是非法夫妇的暖窝。

最后让我们来说说传说中罗歇·拉·格勒努耶开的玩笑，他以激烈的行话训斥进入他的饭店的那些穿着貂皮大衣的女士，为饭店赢得了一些客人。老板去世后，天真的游客还来这里辨认黑板上写着的可怜的菜单，还以为发现了"典型的巴黎小饭馆"。

但那里的魅力已荡然无存。对于罗歇这个乐善好施的人每天供他们吃喝的大量饿鬼来说，这太遗憾了。

----

① 法国省名。

雅克·卡罗路的美术学校学生在搭牌举办庆典（1951）

1950年的宝芙汀广场

文学和艺术的乐园

20世纪50年代，圣日耳曼德普雷是个长期的文学微缩景观，一直是作家们喜欢待的地方。

密集的出版社、众多的书店和林林总总的文学咖啡馆把这个区域变成了文学的领地。

对全世界来说，它是书籍的圣地，是某种精神文明的国际摇篮。

19世纪已经诞生了许多在世界文学史上有影响的运动，从浪漫主义到自然主义，再到象征主义；也诞生了许多刊登过大作家的作品的杂志，比如《两个世界杂志》、《法兰西信使》和《巴黎杂志》，还有许多存在时间或长或短的出版物。

许多文人把能够住在这个真正的村庄里面当作是罕见的特权。

安德烈·纪德和于连·格林的大部分作品都是在离这里一步之遥的平静的瓦诺路写的。本雅曼·佩雷这个坚决的超现实主义者，从墨西哥回来后一直忠诚于这个街区。诗人马克斯-保尔·福歇与亨利·海尔创办了《喷泉》杂志，1942年发表了保尔·艾吕雅的诗《自由》。福歇是圣日耳曼德普雷的忠诚者，胖胖的，满脸微笑，住在雷卡米埃旅馆，在"皇家圣日耳曼"接待朋友。

阿达莫夫，巴黎的高加索人，住在国外，住在这个混乱的世界中，永远都感到焦虑不安。对他来说，这太可笑了。他把自己的这种厌恶写进了剧本中，还缩短了在圣日耳曼德普雷逗留的时间。而萨特和波伏瓦则因为太出名而成了牺牲品，很快就不来因他们而出名的咖啡馆了。

阿贝尔·科塞里，一个文笔细腻的埃及小说家，选择圣日耳曼德普雷为家，在路易丝

本雅曼·佩雷是个坚决的超现实主义者

马克斯-保尔·福歇（右），《喷泉》杂志创办者，艾吕雅的《自由》就是在那里首发的

安娜旅馆住了半个多世纪。

　　还有许多别的作家，出名的或不出名的，住在塞纳河边或周边富有传奇色彩的狭窄马路边。

　　勒内·朱利亚尔做得对，他从来不抵制花季少女的诱惑。1951年，比利时某部长的一位胆大而天真的公主来到巴黎，把自己的处女作交给了他：《修女们的墙》。他读了以后感到很喜欢，便出版了这本署名为弗朗索瓦丝·马莱–若里丝的书。1958年，《天朝帝国》获得了菲米娜奖。

　　弗朗索瓦丝·马莱–若里丝，比利时女作家，父亲阿贝尔是内阁部长，母亲苏珊娜是作家。弗朗索瓦丝16岁就出版了诗集《星期天的诗》，19岁写了一本"惹火小说"《修女们的墙》，讲述一个女孩与她父亲的情妇的同性恋故事。小说于1972年被拍成电影。后来，她的另一本小说《红房间》也被搬上银幕。

　　1958年，她的小说《天朝帝国》获得菲米娜奖，1969年她成了该奖评委，1971年她被选入龚古尔学院。1992年，母亲苏珊娜去世。第二年，她进入比利时法语语言文学皇家学院，占据母亲的席位。

三年后，1954年，另一个名叫弗朗索瓦丝的人闯进了文坛，也是个青春少女。她叫萨冈。《你好，忧伤》，这部书名忧郁的小说，写的是一个天真而又邪恶的故事，马上引起了勒内·朱利亚尔的兴趣，他发现这本书具有十分独特的魅力，带有丑闻性质的成功很快就让这个女小说家出了名。

萨冈，一个17岁的女孩出了名

至于年轻的戏剧家，他们就不那么幸运和容易了。他们当中的一人，雅克·奥蒂贝尔蒂选择在圣日耳曼德普雷中心的塔拉纳旅馆安家。他在家对面的"花神"或"双叟"与人约会，见到了年轻导演安德雷·巴兹、乔治·维塔里、让-玛丽·塞罗、罗歇·布兰和雅克·波利埃里，他们用很少的钱演出了他的剧本以及盖尔德罗德、欧仁·尤内斯

雅克·奥蒂贝尔蒂

穆鲁迪在龚古尔奖评委会预备会结束后给
安德烈·比利送唱片

马塞尔·杜阿梅尔(中),伽利玛出版社
"黑色系列"的创始人,在给"双叟奖"
获得者西默南(左二)加油(1953)

库、萨缪埃尔·贝克特或让·塔尔迪厄的作品。

在新出版的期刊中,如罗歇·尼米埃的《歌剧》,雅克·洛朗的《艺术》和《巴黎女人》,人们嘲笑讨厌前卫戏剧的资产阶级评论家。字母派诗人加布里埃尔·波默朗以自己的方式控诉学院派的宗派主义:他穿着绿色的服装,通知了几个摄影师,在法兰西学会的圆顶建筑物前摆拍。

至于马塞尔·杜阿梅尔,他在"黑色系列"中出版了阿贝尔·西默南的《别动金钱》,1953年轻而易举地获得了双叟奖。穆鲁迪唱着诗人卡尔科和普雷维尔写的歌,很快就把在圣日耳曼德普雷受欢迎的歌曲输到了右岸。

经过解放的磨难，每个出版家都作了反省：在遭到外国侵略的情况下，应该停止出版还是继续宣传和捍卫自己的文学遗产和法国作家？

出版界清算委员会是一个没有司法权力的机构，无法随心所欲地判决某个出版商。事情拖得很久，没有结果。伽利玛出版社接连推出许多政治书籍，比如雷蒙·阿隆、阿贝尔·加缪、安德烈·尚松、勒内·夏尔、安托万、圣絮佩维埃尔或雷翁·布鲁姆的著作——他们对维希政权都没有表现出任何同情。不过，德占时期由德里厄·拉罗什主编的《新法兰西杂志》停刊了。

看到别的杂志占据了

法兰西学会（*Institut de France*）是法国最高的学术权威机构，由5个院组成：法兰西学术院（主要负责法国语言，建于1635年）；法兰西文学院（负责文学，建于1663年）；法兰西科学院（负责自然科学，建于1666年）；法兰西艺术院（负责艺术，建于1816年）；法兰西人文院（负责道德和政治，建于1795年，1803年查封，1832年重新设立）。其中最出名和最权威的是法兰西学术院（*Académie française*）。

保朗在自己的家中（1954）

让·保朗、马塞尔·阿尔朗和阿贝尔·加缪（1950年前后）

罗歇·尼米埃（1925～1962），20世纪50年代巴黎最成功的作家之一，瓦勒里·拉尔博和马塞尔·埃梅的得意弟子，主要作品有《蓝色轻骑兵》，法国评论界习惯以"三个火枪手"或"轻骑兵一代"来称赞尼米埃、布隆丹、洛朗这三位剑走偏锋的潇洒作家。1962年，37岁的尼米埃在车祸中丧生。

《新法兰西杂志》的位置，加斯东·伽利玛感到很着急，他接收了萨特主编的《现代》。但马尔罗由于在书刊审查中受到打击，威胁说如果杂志在伽利玛出版，他就将离开出版社，于是《现代》只得交给朱利亚尔出版。后来，《新法兰西杂志》得到特别准许，于1953年1月临时以《新新法兰西杂志》为名出版，出版社的所有大牌作家几乎都出现在目录中：让·保朗、马塞尔·阿尔朗、多米尼克·奥利、安德烈·马尔罗、圣-让·佩斯和雷翁-保尔·法尔格。

1933年以处女作《烦心事》获双叟奖的雷蒙·格诺（当时的销量不超过750册），1959年又以《地铁上的扎齐》获得了一个大奖。格诺是好几个丛书主编和编委会成员（其中也有鲁莽的罗歇·尼米埃），他努力为一种新的法语而斗争，由于使用口头语言甚至俚语，语言的结构得到了更新。他的滑稽可笑的研究表现在《文体练习》上：雅克兄弟的表演让人们在"红玫瑰"度过了美好的夜晚。

雅克兄弟是 1946 年至 1982 年活跃在巴黎的法国四重唱组合，他们分别为安德烈·贝尔、乔治·贝莱克、弗朗索瓦·苏贝朗和保尔·图雷纳。他们把歌曲与哑剧结合起来，主要演唱普雷维尔、科斯马、贝阿尔和甘斯布尔日等人的歌。

雷蒙·格诺和雅克兄弟们在庆祝《文体练习》的出版（1947）

雷蒙·格诺

风度翩翩的格诺

雷蒙·格诺（1903～1976），法国诗人、小说家，乌力波（潜在文学讲习班）创始人之一，是2014年诺贝尔文学奖获得者莫迪亚诺走上文学道路的领路人。

格诺出生在法国滨海塞纳省的勒阿弗尔市，1921年到1923年间，在索邦大学，获哲学和心理学证书，他喜欢数学，十分执迷，是法国数学学会会员。

格诺在阿尔及利亚和摩洛哥服兵役，在希腊旅行期间完成《奥黛尔》，大胆地与传统语言进行决裂，把口语引进了文学创作。1933年，他的第一部小说《顺心事》获首届双叟文学奖，之后又写了4部基于自身经历的小说：《最后的日子》《奥黛尔》《利蒙的孩子》和诗体小说《橡树与狗》。

格诺一生中的大部分时间都在伽利玛出版社工作，先是当审稿编辑，后任秘书长，1956年成为"七星文库"主编，并进入著名的帕嗒学院，被聘为院长。1951年，他被选为龚古尔奖评审委员会成员。1959年，他的小说《地铁上的扎齐》引起广泛关注，后被改编成电影，在法国新浪潮运动中献映。其优秀作之一《文体练习》用99种不同的方式，讲述同一题材，以证明在讲故事的时候可以有许多不同的风格。

格诺与两个美女卡扎莉丝和格蕾科

1944年6月盟军登陆前5天，哲学系毕业的贝纳尔·盖尔布朗和朋友皮埃尔·鲁斯唐、雅克林娜·勒穆尼埃和诺拉·米特拉尼在卡西米尔–德拉维涅路和王子先生路交会处的那栋楼里开了一家书店，店铺有两层，里面有座楼梯可以上楼。盖尔布朗想在那里组织画展，以吸引可能会对高深的书籍感兴趣的顾客。

他很快就联系到一家画廊，从12月份起就展出了卢·阿贝尔–拉萨尔的水粉画。他后来也出版了许多书，尤其是《常用词汇手册》。桅楼书店专攻某一方面图书的出版，1946年推出了第一本书。

它的地理方位大大有利于它施展这种抱负：奥德翁剧院就在几步开外，"弗拉马里翁""斯托克"和"大学出版社"也就在旁边。一开张，邻居克里斯蒂·贝拉尔就让他有钱的朋友们来捧场了。他是著名的戏剧布景师，也是塞尔日·里法尔和鲍里斯·科克诺的朋友。

　　盖尔布朗酷爱凡·高的画，所以把外墙漆成黄色，招牌上的"桅楼书店–画廊"几个字则用蓝色。但为什么要叫"桅楼"呢？其创办人曾说，是因为这家商店位于两条马路的拐角，就像轮船的甲板，而室内的楼梯又让人想起大船上观察哨的桅杆。

　　在战后的气氛中，巴舍拉尔过去的学生也开了一家书店，为了选择日期，他去拜访同事和邻居约塞·科尔蒂、亚德里安娜·莫尼埃和皮埃尔·贝阿恩。这些都是行业里的精英。"你用两推车书来开始这一职业，这不算坏，但别指望它发财。到退休的时候，你会有两车厢书，这就是你的一切！"贝阿恩对他说。

　　在战争继续、小伙子们参加抵抗运动的时候，桅楼书店在他们的女性朋友雅克林娜·勒穆尼埃领导下继续营业。解放后，盖尔布朗实施了他的书店兼画廊的方案，目的是吸引顾客，把选出来的书和罕见的书卖给酷爱新奇玩艺的巴黎名人。

　　1949年，"桅楼"设在圣日耳曼大街170号，在"花神"和"双叟"之间。贝纳尔·盖尔布朗委托皮埃尔·福舍尔替他布置新书店。1949年5月12日，书店开业，展出了安德烈·马松的一些木刻画，那是给安德烈·马尔罗的《战胜者》所画的插图。从此，展览一直没有停过。

　　有个爱书人，是个学医的年轻医生，1909年通过了关于

"桅楼"书店（1967）

《左拉的科幻小说》《医学和卢贡–马加尔家族》的论文答辩。对亨利·马蒂诺来说，这意味着开始一种完全献身于文学的职业。

　　他创办了自己的杂志《迪旺》，然后，1921年，又以同样的名字在波拿巴路和修道院路交会处开了一家书店和一家出版社。这个博学之士，是个无条件的斯丹达尔迷，出版了许多关于他喜欢的这个作家的书。1958年去世之前，他像个隐士，生活在自己的地窖中，周围是他所出版的那些作家的

迪旺书店（1945）

影子：保尔–让·图尔、让–马克·贝尔纳、特里斯唐·德雷姆、莫里斯·德·盖兰、保尔·瓦莱里。

这家漆成绿色的书店，颜色已经斑驳，长时间处于那座铁皮屋顶、又低又矮的小房子脚下，俨然是迷失在巴黎的一家乡村小店。

在圣日耳曼德普雷，绘画和文学总是相得益彰，一些艺术家，如安德烈·德兰、加斯东–路易·卢克斯和阿尔弗雷

毕加索在奥古斯都大帝的画室里（1946）

德·雅尼奥，不是双叟奖的发起人和文学咖啡馆忠实的客人吗？

1937年冬，巴布罗·毕加索租下了位于奥古斯都大帝路7号的画室，在那里完成了他的《格尔尼卡》①。在花神咖啡馆，他结识了多拉·马尔，养成了中午到这里来喝一杯的习惯。他也在那里遇到了马塞尔·迪尚

_____

① 《格尔尼卡》为毕加索的名画之一。

和弗朗西斯·皮卡比亚的朋
友曼·雷。曼·雷的本领在
于能把各种物质引入自己的
作品中,创造出造型很美的
同音异义文字游戏。这个杰
出的画家兼摄影家原先是达
达派后来是超现实主义的信
徒,也是圣日耳曼德普雷最
引人注目的人之一。

曼·雷和他的作品(1950年前后)

　　勒科尔·比西耶是圣日
耳曼德普雷的另一个忠诚
者,喜欢带着朋友们到花神
咖啡馆来重新创造世界。阿
贝尔托·贾科梅蒂是个孤独
而奇特的人,常常离开他位
于蒙帕纳斯的画室,整天跟
圣日耳曼德普雷的知识分子
混在一起。

阿尔贝托·贾科梅蒂(1961)

　　塞尔日·鲍里亚可夫通
过各颜色层的互相渗透发明
了二维画,他从1923年起就
住在巴黎,但直到1945年,

他的这种艺术才由美术路的"草图"画廊组织的他的第一场
个人画展而被大家承认。

雅可布、莫迪格里阿尼、毕加索和德罗内的朋友让·阿
尔普是一个独立艺术家，参与了当时欧洲所有的重大革新
运动，他常常抛弃他位于默东的画室，去参加同代人气氛友
好、内容丰富的谈话。

国立美术学校，这个有300多年历史的教育机构，每年都
有数千学生在知名大师的辅导下学习绘画，它不也充满活力
地在圣日耳曼德普雷扮演着国际艺术摇篮的角色吗？

在20世纪20年代，左岸还不是办画廊的理想的地方。不
过，1924年，皮埃尔·勒布还是在波拿巴路13号开了画廊，
1925年6月开始展出约翰·米洛的画，同年11月又举办了超现
实主义的第一次画展。1934年4月，他在新画廊（画廊已于
1927年搬到了美术路2号）举办了巴尔图斯的第一个个人画
展，12月又举办了维克多·布罗内画展。然后，1939年是韦
弗雷多·朗的画展，1947年是安托南·阿尔托的素描展，1949
年，他尤其对乔治·布拉克的作品感兴趣。1963年，在他去世
之前5个月，皮埃尔·勒布关闭了他远近闻名的画廊。

他的孪生兄弟爱德华同样钟情于圣日耳曼德普雷，1953年
也在雷恩路53号开了一家画廊，在30年中，展出了布拉姆·范
费尔德、恩斯特、迪尚、吉里奥里和阿尔普的作品。阿贝
尔·勒布以他的哥哥们为榜样，在美国生活了几年之后，回

波拿巴路的皮埃尔画廊（1953）。从左到右：让−保尔·里奥佩尔、雅克·日耳曼、玛丽娅·艾莱娜、皮埃尔·洛布、乔治·马蒂厄和赵无极

来在美术路10号后来是12号开了一家画廊，展出当代大画家的作品以及非洲艺术与海洋艺术作品。

50年代，圣日耳曼德普雷的画廊跟古董店一样多。塞纳河路36号的夏尔丹画廊是1943年开张的，以纪念一位景物画的大师，让人们记住他的名字。丰塔纳罗莎、沃尔蒂、许尔、穆里、夏尔洛和马泽勒的作品常常有幸地被摆在显著的小展台上。对面的斯塔德莱画廊1955年开展，设在同一条路的5号，也展出了不少有趣的作品。

从1947年起，迪娜·维尔尼就在雅可布路36号展出了马约尔和一些雕塑家朋友的作品。至于德尼丝·勒内，她于1966年离开了波埃蒂路，来到圣日耳曼大街，可以说，她以前卫的展览冲击了这个贵族区的保守主义。圣父路3号的弗拉蒙画室支持年轻的画家，经常展出一位严格的禁欲主义者乔治·罗内的作品。

　　圣日耳曼德普雷的古玩店和圣旺①的旧货市场一样多。如果说文学家、画家、雕塑家、建筑师和音乐家在旧钟楼的影子下生活、工作与喝酒，巴黎的那种贵族商业则在全区无处不在。没有一条马路没有古玩店，以至于很难断定是圣父路的古玩店多还是寻找正午路、雅可布路、大学路、韦纳伊路多。

　　不知道是不是这些古旧的东西让大家产生了玛德莱娜小蛋糕让普鲁斯特产生的回忆，人们在玛德莱娜·卡斯坦的古玩店里找回了失去的时光。她位于雅可布路的豪华玻璃橱窗中陈列着罕见的物品，旁边放着过去看门人用来装饰桌子的小摆设。

　　英语谜希金斯代表19世纪末典雅的趣味，他戴着夹鼻眼镜，家里摆放着金色的桃花芯木家具；而同在雅可布路的雅克·达米奥的住所，那真是一个让人喜欢得舍不得走的地方。他是克里斯蒂昂·贝拉尔的学生，用音乐盒和机械人物引起了周六闲逛者的好奇，以至于诺伊②的一家博物馆最后收藏了这些东西。

　　著名的伊莎多拉的兄弟雷蒙·邓肯是历史上第一个嬉皮

---

① 法国塞纳—圣德尼省城镇。
② 巴黎近郊地名。

士，他在塞纳路一家兼作住所的店铺里，通过古希腊风格的舞蹈来教授人体绘画。他瘦长的身影——长袍，额头上系着带子、扎住头发，宽大的便鞋——长久以来深受圣日耳曼德普雷人所喜欢。

塞纳路雷蒙·邓肯的舞蹈课及画廊

塞纳河和圣日耳曼大街之间的数百年古董店和画廊，如今形成了"左岸方阵"，这块方形区域内的艺术商店，其中包括圣父路的让·瓦内克画廊，伏尔泰路的雅克·佩兰、阿兰·德马希、尼科里埃画廊和巴克路的乔治·勒费尔弗勒画廊，它们的玻璃橱窗都朝着马路，在巴黎旅游旺季的夜晚，俨然成了圣日耳曼德普雷最夺目的景观之一。

雅克·科波曾带着他的人马回布尔多涅寻找真正的民间戏剧，他现在还在为他亲爱的旧哥伦比亚剧院担忧吗？经过几年的冬眠，圣日耳曼德普雷的这个圣地，在阿内特·巴代

安托南·阿尔托（1926）

安托南·阿尔托（1896～1948），
法国诗人、演员和戏剧理论家。
出生于法国一个富裕的资产阶级
家庭，父亲是商船船长，他在马
赛度过了幸福的童年，但深受神
经方面的疾病折磨。他在其代表
作《戏剧及其重影》提出了"残
酷戏剧"的概念，试图改变文
学、戏剧和电影的基本元素。他
把诗歌、药物、朝圣、绘画和广
播剧作为逃避现实的工具，通过
不断注射药物来摆脱几十年来一
直困扰他的先天性头痛。他曾在
精神病院待了近9年，频繁使用
电击治疗。

尔的领导下终于恢复了生机。巴代
尔是职业律师，律师界的儒勒·贝
里[1]。他可是个人物，据说在德占期
间，他想把布洛涅森林卖给德国人！
他是演员加比·西尔维亚的丈夫，通
过萨特的戏剧《幽闭》赚了第一桶
金。那出戏于1944年5月27日首演，
演员有加比·西尔维亚、塔尼亚·巴
拉肖瓦和米歇尔·维托尔德。这是战
后不久戏剧界的大事。

　　1948年12月，旧哥伦比亚剧院上
演马塞尔·埃美的第一出戏《吕西安
娜与屠夫》，由杜坎制作布景，瓦朗
蒂娜·泰西埃主演，罗贝尔·阿尔努
扮演屠夫——吕西安娜极其渴望的目
标，亨利·克莱米厄扮演心胸狭小、
被贪婪的太太吓得要死的钟表匠。与
此同时，剧院在演出空档期间会举办
一些讲座。其中一人非常有名，那就

① 儒勒·贝里（1883～1951），法国著名演
员、导演，电影和戏剧作品超过两百部，代表
作有《兰治先生的罪行》等。

马塞尔·埃美（1902～1967），法国作家，生于汝拉山区的马蹄铁匠家庭，家境贫寒，当过小贩、小工、电影中的哑角、银行和保险公司的职员、新闻记者。1925年开始文学生涯，小说《死者的高地》获勒诺多奖，《绿色的母马》为第二次世界大战前畅销作品之一，其短篇小说也很有名，如《穿墙人》。《捉猫游戏故事》及其续篇和末篇则是法国乃至世界儿童文学的名篇。英国《泰晤士报》说他是"法国二十世纪最出色的文学家"

是安托南·阿尔托，1947年曾以其出色的《对上帝的判决说不》引起轰动。

　　一个个夜晚过去，不断上演的新戏推出了许多年轻的才子：亨利·米肖的《锁链》中的米歇尔·德雷和安娜·奥利维埃，弗雷德里克·杜布瓦《科罗拉多的珍珠》中年轻瘦长的雷蒙·德沃和他的拍档罗贝尔·韦贝克，后来还有《玛丽·斯图阿》中的西尔维娅·蒙福尔。

　　旧哥伦比亚剧院翻修期间，演出继续。阿内特·巴代尔感到时机已到，腾空了地下室的布景材料，开了一家俱乐部，迎接被"洛林人"（卡尔曼路的地窖）赶出来的克洛德·吕特，悉尼·贝歇也带着他的高音萨克管来捧场。很快，全巴黎的名流都争先恐后地来到那里。在圣日耳曼德普

让·马丁和罗歇·布兰在巴
比伦剧院演出贝克特的《等
待戈多》(1952)

雷的这个具有象征性的地方,1949年雅克·贝克尔将拍摄《七
月约会》。

战争一结束,先锋戏剧就在圣日耳曼德普雷发展起来。
"预告世界末日的三个卡桑德拉①都是背井离乡的人,三个被
法国收留的人分别出生在爱尔兰、俄罗斯和罗马尼亚,他们
名叫贝克特、阿达莫夫、尤内斯库。"P.–A.图夏尔说。

1953年1月5日,巴比伦剧院新剧场演出萨缪尔·贝克特
的第一部戏《等待戈多》。这部戏以奇特的方式控诉着生活
中的荒诞。导演是罗歇·布兰,演员当中有让·马丁,扮演
半人半马的吕奇,罗歇·布兰本人扮演波索,皮埃尔·拉图

———————————

① 希腊神话中的特洛伊公主,能预卜凶吉。

尔扮演艾斯特拉贡，吕西安·兰布尔扮演弗拉蒂米尔，塞尔日·勒库安特扮演一个年轻的小伙子。

初期的作品成功之后，欧仁·尤内斯库①也在同一个剧院上演了《阿麦迪或脱身术》，剧中的喜剧因素很奇特，以平常的方式来处理，这是他的老习惯了。雷卡米埃是圣日耳曼德普雷的另一家剧院，1960年上演了《犀牛》，人物的造型也许是全剧中最让人不安的。

奥德翁剧院是法兰西剧场的备用舞台，1956年重排了让·科克托的《打字机》。这部戏1941年写于巴黎，讲的是匿名举报的事，由让·梅耶导演，演员阵容十分强大：利丝·德拉马尔、雅克·达克米纳、罗贝尔·希尔施和安妮·吉拉多。

1926年设在圣日耳曼德普雷的幻象剧团，经理叫加斯东·巴蒂，本人也是导演，还是卡泰尔的合伙人（其他人还有迪兰、儒韦、皮托埃夫）。剧团经营失败后，他搬到蒙帕纳斯成立了自己的剧院，把余生贡献给了木偶戏的演出。

另一个重要人物是伊西多尔·伊苏，字母派的创始人，这个诗歌流派鼓吹音响比意义重要，所以大量使用象声词。他写了一个剧本《江湖艺人的行走》，由圣日耳曼德普雷的

---

① 欧仁·尤内斯库（1909～1994），法国剧作家，荒诞派戏剧代表人物之一。1950年其成名作《秃头歌女》巴黎首演。其后又创作了《犀牛》《上课》《椅子》等剧。

普雷维尔（右二）
和他的太太

另一个成功人士雅克·波利埃里搬上舞台。

"水浅石头多"，伏尔泰凝视着格雷内尔路的"四季喷泉"会这样嘲讽。两个世纪后，雅克·普雷维尔弥补了这一作品的雕塑者埃德姆·布夏尔东的欠缺，每天晚上都在那里给渴望快乐或开心的巴黎名流们解渴。

四季喷泉夜总会位于历史上的圣日耳曼德普雷和圣日耳曼区交界处，它就像是"红玫瑰"的姐妹，演出一些预示着今天的咖啡—剧场演出的真正戏剧。

格勒尼埃–于瑟诺的这家公司起到了滑稽可笑的娱乐作用，想象与发明交织在一起。雅克·普雷维尔是雅克兄弟许多歌曲的作者，其中包括"巴巴拉""清点""钓鲸鱼"，他把他们拉到了他兄弟的夜总会里。与表面看起来很不一

雅克兄弟（1950年前后）

样，他们不是四个人，而是五个：最重要的人也许是人们最意想不到的那个，他们的朋友安德烈·菲利普。1958年从1月到5月，他们获得了巨大的成功。让-德尼·马尔克莱斯1900年画的体操服、他们的假胡子和高筒帽成了奇特的道具，由于这些东西，演出到达了完美的境地。

许多年轻的艺术家都是在格雷内尔这条马路起步的，比如皮埃尔·佩雷特、让·雅娜、吕西安娜·拉亚以及一个新来者菲利普·克莱，他老是那么瘦，眼珠突出，奇特的体形很适合演一出保留剧目。后来又来了怪异的雅克·迪费尔奥，他在滑稽可笑的幕间短剧中已表现出未来大演员的迹象。

电影与戏剧明星、商业演出大腕、商人和名流看完戏都到"四季喷泉"来娱乐。还有一件好玩的事情：雅克·普雷维尔时不时会十分友好地穿上酒店的制服，像侍应一样迎接老板的贵宾。

陈旧的没完没了的不幸爱情、传统的水手和现实主义歌曲中古罗马军团中的勇士从此再也没有市场。4年的被占完全颠覆了音乐厅的保守主义演出，过去的成功法则彻底过时。

在圣日耳曼德普雷，人们几乎到处在唱：在雅可布路的"梯子"，在"杀手"，在"画廊55"，在"圣-伊夫"，在"红玫瑰"或者在"四季喷泉"。这里，雷奥·费莱在唱抒情歌曲，那里，趁惹人大笑的亨利·维洛日和雅克·迪费尔

卓别林和他的朋友们在"四季喷泉"：雷·旺杜拉、奥娜·卓别林、雷诺阿、查理·卓别林、罗歇·帕让、普雷维尔、雷诺阿夫人

"四季喷泉"开张那天，美女如云，图为西蒙娜·西格尼奥莱

奥换场，大家唱起了美好时期的副歌。

诗歌、幽默和滑稽小品出现在新一代的日程表中。人们写作、谱曲、演唱歌曲，其歌词已与在大音乐厅巡回演唱的歌曲完全不一样，"ABC"或"阿尔罕布拉"之类的歌曲，它们不幸地将于近期消失。

在50年代，歌曲有了新的词作者，他们是作家、诗人，有的甚至很出名，如雷蒙·格诺，让-保尔·萨特、雅克·普雷维尔或皮埃尔·马克奥朗，后来很快又来了安德烈·阿德莱、莫里斯·丰伯尔和让-罗歇·戈西蒙，还有一些是作词、作曲和演唱的三栖艺人，如雷奥·费莱一家、乔治·布拉

卡兹（中）与甘斯布尔日（右）

桑、雅克·布雷尔、吉·贝阿、亨利·萨尔瓦多、夏尔·阿
兹纳武尔和塞尔日·甘斯布尔日，别忘了还有永不疲倦的夏
尔·特雷内。

在唱片录制然后是磁带录制方面，发生了一场真正的革
命。人们把机械唱机和硬唱片扔给了配件店，新的电唱机和
晶体管收音机加速了歌曲的传播，它不再被看作是小艺术。
来自商业演出的新人让大众接受了他们，其中一些在左岸的
酒吧成功之后，将去奥林匹克的舞台上点燃热情，那是巴黎

从『绿酒吧』到『塔布』

"圣日耳曼德普雷之夜"，圣伯努瓦路

对于创造或经历过新圣日耳曼德普雷的人来说，1950年是从战后的悲观到街区被游客和商业店铺所占领的转折之年。人们到圣日耳曼德普雷好像是来腐败堕落的，就像过去前往蒙帕纳斯和蒙马尔特一样，带着一丝肮脏的好奇心。但地窖里的夜生活不强迫、不禁止，比有的报纸上说的要干净得多。所谓的"塔布狂欢"不比1930年圆顶饭店的庸

1959年9月彩排《老板》时，马塞尔·埃美、吉·贝阿尔、齐齐、贝尔纳·布菲和罗兰·佩蒂合影

俗晚会更下流。

鲍里斯·维昂在《圣日耳曼德普雷手册》中，反驳某些记者含沙射影地说他们淫秽："这些文笔拙劣的人，充满仇恨，阴险地从背后攻击养活他们的人……一个十分典型的例子是，"他写道，"他们轮番谴责'存在主义'，不是说它纯洁得可怕，就是说它疯狂地持续勃起。"

"存在主义！"这个词说出来以后，立即传遍了巴黎、法国，然后是全世界——那是一天晚上，朱丽叶特·格蕾科和安娜–玛丽·卡扎莉丝在"塔布"抛给《周六晚报》的一个专栏编辑的。"你们是什么人？"那个编辑问。这两个很有文学修养的女孩，读过当时十分流行的萨特的著作，笑着回答说："存在主义者！"那家周刊很快就抓住了这个词，专门用来指在圣日耳曼德普雷出没的年轻人。

"在圣日耳曼德普雷，再也没有以后，"格蕾科唱道，"只有一声叹息！而且更不纯洁，更不诚实。对年轻人来说，梦已结束，人们不是唱歌、跳舞、娱乐，而是'卷起衣袖'，干活。"

过去诞生了许多富有神奇色彩的传说。战后的圣日耳曼德普雷是怎样诞生的呢？回答很模糊，很少有人能说出一个真正的创造者。他们被遗忘了，取而代之的是那些从此以后走红媒体的人。

1945年，一切始于雅可布路10号的"绿酒吧"，那是亨利·勒迪克开的圣日耳曼德普雷第一家美式酒吧。这个40来岁的蒙马尔特人，很爱开玩笑。他谁都认识，来酒吧的画家、导演、记者都像他的哥儿们。勒迪克当过工人、职员、演员、报贩和经理人，秃顶，小胡子，一个非常普通的法国人。

在"绿酒吧"，喝咖啡加牛奶，这在当时是不常见的。人们养成了与朋友们到这里来喝咖啡的习惯，每天下午两点半准时到达。有时，同行者念一些诗人写的诗，现场一片寂静，偶尔会有迟到者不合时宜地推门进来，引起众人一顿臭骂。

"绿酒吧"很快就在圣日耳曼德普雷的年轻人当中出名了。每天晚上，人们都能在那里见到亚历山德拉·阿斯特吕克、安娜-玛丽·卡扎莉丝、格蕾科、瓦迪姆或伊

客人们在"绿酒吧"中（1948）

20世纪50年代末的
"绿酒吧"门面

凡·奥杜瓦。

　　加布里埃尔·波默朗是"绿酒吧"也是"塔布"的常客。伊西多尔·伊苏在《怪异》杂志上指出，他"奇特、原始、讲究的外表使他的脑袋初看起来像炙热的煤球，铁丝网似的假发乱糟糟地缠在一起——这种乱蓬蓬的头发将是划时代的，告诉人们当时的诗人是什么样子的"。

　　然而，突然换老板了：勒迪克把酒吧转让给了贝尔纳·吕卡斯，那是一个年轻的巴黎人，瘦高个儿，生活在画册和古典音乐唱片中。这个让人好奇的酒吧老板曾是《艺术与文学》杂志的主编，写过一本小说《逃兵日记》。1947年4月，他创办了"塔布"，6月又把它转让给弗雷德里克·肖韦

1948年"塔布"
新俱乐部开张

洛，后者是一个富家子弟，准备当外交官。1948年10月，吕卡斯又重新把"塔布"盘了回来。他当时离开"塔布"，是为了把更多的时间用在他喜欢的音乐研究上。

他来到"绿酒吧"，恰逢安托南·阿尔托、罗歇·瓦扬、勒内·塔韦尼埃、罗歇·布兰、雷蒙·格诺和画家玛塔都在雅可布路的好时光，萨特有时下午也去。"绿酒吧"当时被普雷维尔那群人所抛弃，成了上流社会和国际人士约会的地方。波尔费里奥·鲁比罗萨常去那儿，带着一些拉美人、模特和当红演员。

"塔布"的诞生，鲍里斯·维昂说，要到雅可布路的"绿酒吧"寻找源头。位于多菲娜路32号的那家小咖啡馆，原是一家简陋的小店，通宵营业。它利用紧邻《阿歇特信使》编辑部的优势，给这家日报上完夜班的职员提供喝的。店主吉奥内夫妇过去在图卢兹卖猪肉，战后，他们用战争期间（对猪肉商来说是个赚钱的好机会）积蓄下来的钱，买下了这家商店。

这种小咖啡馆在巴黎到处可见，巧克力色的，店面漆成黄色。1946年9月之后，喜欢夜间活动的艺术家们在大咖啡馆和"绿酒吧"关门之后来这里聚会，他们当中有画家德索和沃尔斯，作家萨特、梅洛–蓬蒂、加缪和皮歇特，诗人图尔斯基、博蒙。

贝尔纳·吕卡斯在自己的酒吧关门后，回家之前也习惯到这里来转转。一天晚上，他正跟图尔斯基喝着，对方对他说，自己在马赛有一家叫做"老港之友"的俱乐部，一个在当地十分有名、气氛很好的地方。为什么不在巴黎也同样开一家呢？吕卡斯突然想起来：咖啡馆有个地窖，可以用来做生意啊！地窖里可能很潮湿，因为离塞纳河很近。他跟店主说想下去看看。地窖有拱形的圆顶，没有任何潮湿的痕迹。

要说服老板转让地窖，4个月是少不了的。克洛德·吕特乐队最近在卡尔曼路"洛林人"地窖大获成功，这对他做出的决定肯定起了重要的影响。

进"塔布"先要推开一扇玻璃门，然后撩开门帘。一进去就已经嘈杂得不得了。罗贝尔·奥布瓦诺，这是一位外交官之子，海军上将的侄子，出名的记者，他负责过滤客人。这是为了保证俱乐部的私人性质，1901年的法律有此规定。只有名人、熟人和朋友能够进入。进去后要下楼，特别要当心

塔布俱乐部拥挤不堪

别碰伤，陡峭的石头楼梯通往一条拱形的长走廊，像是地铁站，很脏。一头是座茅舍般的东西，另一头是个橡木吧台，旁边有个权当衣帽间的小房间。

"塔布"俱乐部进去后要下楼，特别要当心别碰伤

克洛德·吕特是个26岁的大小伙子，一米八四，体重80公斤，是所谓的"新奥尔良"爵士乐的革新者[①]。1946年5月，他带着乐队，投资改造了卡尔曼路的卡尔姆旅馆的地窖，搞了一个"洛林人"俱乐部。他们所演奏的音乐集体即兴创作的余地很大，主力往往是年轻美国黑人乐手。他是第一个

安娜–玛丽·卡扎莉丝虽然是"塔布"最出名的人之一，进门时也要验票

---

① 新奥尔良爵士是指20世纪30年代以前的传统爵士乐，兴起于美国新奥尔良，盛行于芝加哥，是迪克西兰爵士（Dixieland Jazz）和芝加哥爵士（Chicago Jazz）的总称。

吕特和他的乐队在
卡尔曼酒店的地窖
里演奏爵士乐

在圣日耳曼德普雷范围之外搞地窖俱乐部的人。

傍晚，年轻的大学生们纷纷到这里来欣赏爵士乐。由于学生逃课，学校与家长发生了矛盾，家长们看到自己的孩子更喜欢金·奥利弗①的经典节目而不是拉加尔和米夏尔的课本，感到非常担心，最后获得了"洛林人"的赔偿。吕特后来在旧哥伦比亚剧院继续进行自己的事业。雅克·贝克尔在电影《七月之约》中曾致力于重现战后年轻人生活中这一插曲的气氛。

鲍里斯·维昂马上就发现了这个地窖音乐俱乐部，并把萨特和格诺带到了那里。吕特对维昂一直怀有感激之情，因为维昂把当时知识界的名流都带到了他那里，让各国人士都

————————————

①金·奥利弗（1885～1938），美国爵士乐手，擅长短号。

知道了他的爵士乐。

鲍里斯·维昂认为，圣日耳曼德普雷流行的时装是在这里，在卡尔曼路的"洛林人"诞生的。"吕特和他的伙伴们常常没钱，"他在《圣日耳曼德普雷手册》中说，"所以穿着亲手做的衣服，由此出现让人惊讶但并非无趣的奇装异服，有拉普兰连衣裤，也有让人看了头晕的方格图案衣服，他们身上有时还插着石竹花，装饰着细线和各种小东西。"

1947年，波伏瓦从美国回来后，在"洛林人"举办了一个庆祝晚会。那是一个朋友重逢的快乐之夜。那天晚上，维昂在酒吧当主持，精心勾兑了一些"无情的混杂酒"，客人们马上就尝到了"甜头"。贾科梅蒂和另外几个朋友很快就睡着了，尽管吕特的乐队声音震耳欲聋，波伏瓦说她一直坚持到天亮，走的时候忘了手袋。第二天，她在萨特的陪同下回

吕特和他的
乐队成员

来找她的东西。看门人问她："还有宝石呢。您不想要宝石了？"那人告诉她，在钢琴上找到了一个宝石，应该是鲍里斯·维昂的一个朋友的：那是"少校"的宝石。"少校"是雅克·鲁斯塔洛的绰号。

死得离奇的"少校"

雅克·鲁斯塔洛是巴黎附近小镇镇长的儿子，比维昂小5岁，但跟他一样高。雅克长得很帅，喜欢搞怪，能喝酒，会吹牛，自称是"幸运地从印度回来的少校"，所以大家都叫他"少校"。他放荡不羁，大胆勇敢，慷慨大方，好像天生拥有一切优点，很快就成了维昂的好朋友和家中的常客，日后经常以各种名字出现在维昂的小说中。但当镇长的父亲却不喜欢这个老是捣蛋的儿子，曾让他到青年工地去"改邪归正"。

"少校"后来跟维昂形影不离，成了他不可缺少的伙伴和帮手，常结伴出游，尤其是在战后，圣日耳曼大街的地下酒吧到处可见他俩的身影。然而，这个讨人喜欢的年轻人却命运多舛，死得很早，而且死法离奇。1948年1月7日凌晨3点，"少校"从一座房子的阳台上不可思议地堕楼身亡，让维昂伤心欲绝。

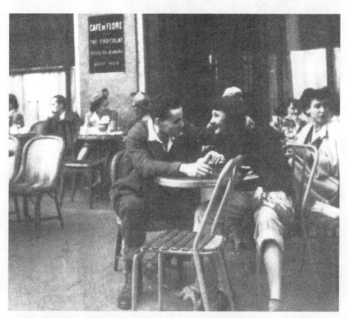

"少校"和图亚在花神咖啡馆

卡扎莉丝（左）在跳舞。来自英、美、巴西、瑞典的音乐家、摄影师、电影人和政客都来"塔布"娱乐

　　塔布俱乐部成立，不是为了赚钱，而仅仅是朋友之间的一个联谊会，参加创办的成员有作家罗歇·瓦扬、弗雷德里克·肖韦洛和大学教师让·多马克希。

　　1947年4月11日开业那天，这一小群朋友聚在凑合着装修了一下的地窖里。一架破唱机播放着背景音乐，但它很快就被几个乐手代替了：年轻的小号手吉·隆格侬，他后来成了马赛音乐学院的爵士乐教师。特别值得一提的是艺名为泰姆尔·纳瓦布的蒂姆西·皮姆西，他弹着吉他，用沙哑的声音唱骑士故事和英国歌谣。皮姆西的母亲是爱尔兰人，父亲是波斯人，富裕、大方，但身上从来没有一分钱：他穿得破破烂烂，半夜里唱一段时间，凌晨时分离开，穿着帆布鞋，拖着吉他。

　　但在当时，"塔布"的乐队是完全无法与"洛林人"竞

1947年10月10日
格蕾科、卡扎莉
丝在 "塔布"

争的。人们徒步从圣热纳维埃尔山①去那里听真正的爵士乐曲。每天晚上，卡尔曼路旅馆的地窖都人满为患。

直到1947年初，吕特才真正投入：在《美国爵士47》杂志中，人们看到他十分友好地跟唐·雷德曼乐队的黑人歌手兼长号手迪雷·格伦，以及雷蒙·格诺、让-保尔·萨特和让·达吕安照相。让·达吕安是韦尔农·苏里旺（鲍里斯·维昂的化名）和萨里·马拉（雷蒙·格诺的化名）的出版人，"洛林人" 吸引了全圣日耳曼德普雷的名流。人们可以在那里遇到马塞尔·杜阿梅尔或保尔·艾吕雅。那里的人比塔布俱乐部最火的时候还要多。

1947年6月，贝尔纳·吕卡斯回来经营 "绿酒吧"，把

_____

① 巴黎左岸的一个高地。

"塔布"转给了弗雷德里克·肖韦洛。在肖韦洛的请求下，维昂和他的两个兄弟组成了一支乐队：弟弟阿兰司鼓，哥哥雷奥弹吉他，吉·蒙塔苏则吹中音萨克斯风，维昂自己负责吹一部分时间的小号。

维昂在《圣日耳曼德普雷手册》中回忆说："所有的朋友都去那里参与集体即兴音乐，用当时的行话来说就是'做火腿'或'做牛肉'。很快，'塔布'就成了一个有组织的狂欢中心。我们现在可以这样说，后来没有任何俱乐部能重新创造出这种不可思议的气势，而'塔布'自己也没能保持太久。唉，太难了！"

浓浓的烟雾从桌子升起，刚进"塔布"的人得过一段时间才能适应这个环境，隐约看清靠墙摆放的长凳。桌子和木头圆凳不是太舒服，要从人群中挤出一条路，回到自己的位置上几乎是不可能的，因为大家就是在这条地下羊肠小道的中心跳舞，至少，那些舞伴的姿势让人这样想。人们一个个紧挨着，轻轻地晃动着，几乎动弹不了，而在芦苇盖的屋顶下，乐队声嘶力竭地演奏着"新奥尔良"的标准老歌。两个侍应，雅克和乔治使出浑身解数，把饮料和食品送到客人手中。

终于可以坐下来了，至少有半边屁股可以触到圆凳。大家开始辨认跳舞的人。都是一些很年轻的人，穿得很时髦，小伙子是方格衬衣和运动鞋，女孩们是黑色套衫和裙子。其

格莱科（左）在圣日耳曼俱乐部（1949）

卡扎莉丝、格蕾科和多尔尼茨

他人则稳重一些，系着领带。

保尔在吧台旁帮助两个侍应，荣格夫人负责收银，算账，收钱，找零，忙得不亦乐乎。乐队一停下来，诗人们便来到舞池，不顾一切地朗诵自己的诗歌，结果响起一片叫骂声。加布里埃尔·波默朗大声吼叫着一些象声词，其中怪异的诗句“塔布”的客人们根本听不懂。

格蕾科和卡扎莉丝一个棕发，一个红发；一个强健，一个纤细，把摄影师们给乐坏了，各周刊都在“塔布”找到了登出来就能引起轰动的东西。一天晚上，发生了一件事，大家都看在眼里。一位

维昂与格蕾科

很尊贵的先生，名声显赫得让他毫无麻烦地通过了罗贝尔·奥布瓦诺的检查。他一进来就对格蕾科说："你好，我的乖乖。"说着，拍了拍她的屁股。格蕾科不喜欢这样。别来这种亲昵！只见她扑向那人，扇了他一个耳光，然后又抓他，打他，之后还抢起一张圆凳，使劲地砸向他的脑袋。路易·瓦隆是造币厂的厂长，跟戴高乐将军很熟，他被打惨了，满头是血，脸肿得像猪头，被送回他位于孔蒂河堤路的公寓。据说，第二天，刚好戴高乐将军召见这位高官，看到他脸上的那副样子，吓了一跳。"我自己撞的。"瓦隆嗫嚅道。不久，报纸详细地给将军报道了关于事故的经过。

不过，有时候报纸的社会新闻栏上的一点点东西都会引起骚乱。多菲娜路的良民们认为自己的忍耐到了极限。每天晚上，汽车来来往往，夜归者的生活规律破坏了他们的睡眠。他们报了警，但没有结果，于是他们决定自己执法，把应该注入下水道的粪便泼到了夜归者头上。

当时，报纸发表了一封给第6区警察局局长的公开信，塞纳河边的住户要求公共权力部门进行干预："局长先生，作为家中的父亲、母亲和诚实的劳动者，我们谨通知您，鉴于您的不作为，我们不得已作出决定，自己负起警察的责任。无论如何，您得承担由此产生的后果，您很快就会看到这种后果。多菲娜路在解放巴黎的时候表现出了它的勇敢，现在，在摆脱'塔布'的时候还将表现出这种勇敢。"然而就在这时，一个公告给大家带来了好消息："塔布"将因暑假而关门。警长松了一口气，但假后怎么办？

俱乐部又恢复了昔日的喧闹。在选举塔布小姐的时候，竞争者开心地脱了衣服跳舞，但这跟几年后让人咋舌的脱衣

"塔布王后"克罗蒂娜·塞雷达，1950年在俱乐部的"食人之夜"上

舞不是同一回事。不过，观念正统的报纸还是毫不留情地指责这些"奇特而好战的狂饮乱舞"。

接着又开始选"邪恶小姐"，小姐必须又坏又性感；选"塔布阿波罗"，先生必须穿三角裤或短衬裤，鼓起他们的胸肌；"天真之夜"，半处女们必须展示百合花或橙花。这一切似乎都很纯洁。

狂欢之夜的主题层出不穷："芝加哥之夜""强盗们"口袋里要放着左轮手枪；"西部之夜"女孩们要穿得像酒吧女郎。

如果说卡扎莉丝和多尔尼兹对"塔布"的成功感到高兴，格蕾科在这个大家都来看"女存在主义者"的地窖里却感到不自在，很想把好奇者赶走。但这个俱乐部太火了，人们都想来见识见识这巴黎"一景"。

选"塔布阿波罗"，
"塔布"先生必须穿三
角裤或短衬裤，鼓起
他们的胸肌

　　萨特并不像人们常说的那样，是"塔布"的常客。他和波伏瓦来过一两次。圣日耳曼德普雷的存在主义和被叫做存在主义的哲学，这二者之间的混淆也许就是由此而引起的。萨特本人也在想，那些自称为存在主义者的年轻人是否真的要求得到这一标签。他敢肯定，大部分人都没有读过《存在与虚无》，并不了解他的哲学原则。对他们来说，存在主义归结为这个"十戒"中所声明的某些基本概念，但连作者都不敢承认是他写的：

> 你将尊重记者
> 也尊重摄影师
> 诅咒父母亲
> 活得很危险
> 白兰地兑水
> 从来不付钱
> 女子穿男装
> 黑长裤太紧
> 衬衣带方格
> 老穿旧毛衣
> 跳舞不按节拍
> 完全随心所欲
> 你很少做爱
> 并非无冷笑
> 诗歌写几行

> 轻蔑念几段
> 又去拍电影
> 希望能成名
> 你相信萨特
> 却不知其意。

　　维昂在他的《手册》中解释说，最后一戒才是把地窖里的宗教与存在主义混为一谈的祸首。因为，除了萨特、波伏瓦和梅洛-蓬蒂，谁敢自称是存在主义者？萨特经常想让"他人"（他是这样称呼那些意见领袖和记者的）明白，那些年轻人与他没有任何关系，他也跟他们没有任何关系。那些想往他身上泼脏水的人说，那些姑娘小伙都很肮脏，道德败坏，看破红尘，因为他们是存在主义者。萨特喜欢年轻人，

顽皮的维昂和他的朋友们在狭窄的"塔布"躲在楼梯下偷看女士的裙底"春光"

同情地观察他们，不明白为什么会这样混为一谈。他认为新的舞蹈既非不道德也不色情，把它们当作是一种健康快乐的活动，让人身体疲劳得无法想入非非。

"'塔布'时期，有种非常迷人的跳舞方式，即在一个正常人用腋窝把鸡蛋煮熟的时间里，把一件厚棉布衬衣弄成拖把状。结果，人会大大地平静下来，不再跳舞，而是思考，以后不再来这里。"鲍里斯·维昂在《圣日耳曼德普雷手册》中，谈到1953年拍摄《绛红色帷幕》的亚历山德拉·阿斯特吕克时这样写道。

"有人以为，"维昂说，"'存在主义'这个词的意思是想怎么生活就怎么生活；还有的人觉得，要赶时髦，就得大声标榜自己是存在主义者。"他老是给别人讲述在某咖啡馆露台上听到的一个商业代表对一个女孩的想法，《圣日耳曼德普雷手册》引用了那句话："我是个大活人，一个快活的人，一个存在主义者！"让-保尔·萨特因成名而受害，而那种名声与他的著作毫无关系。他说他甚至不敢再从咖啡馆门前经过。那些索要手稿的人追在他屁股后面，他只好扶着墙，匆匆逃离雅可布路，前往他的出版商伽利玛那里。

《周六晚报》的马塞尔·海德里希和雅克·罗贝尔发表了一篇极其恶毒的文章："萨特丑闻"。文中把那些道德败坏的事情都归咎于这个哲学家的理论。是谁促使他写这篇文章的呢？波伏瓦觉得是安娜-玛丽·卡扎莉丝。

一天晚上，她在埃尔博的陪伴下走下"塔布"的地窖：
"那地方太吵了，太挤、烟雾太重了，什么都听不到，呼吸不了，"波伏瓦在《事物的力量》中也这样说过，"我们和卡扎莉丝坐在桌边，勉强还能谈话。她显得滑稽而狡猾，巧妙地使用省略、间接肯定法和暗示。她为自己辩护，谈起'萨特丑闻'，她总结道：'说到底，责任在于阿斯特吕克。'"

"拉扎雷夫在重新担任《法兰西晚报》主编的时候宣称：'我有着存在主义者的皮肤。'"波伏瓦又写道。事实上，1947年底，报纸和电台对萨特毫不留情。"在公共场合，人们看我们的目光被他们所泼的污泥弄脏了，我不想再出去。"波伏瓦说。

鲍里斯·维昂在《圣日耳曼德普雷手册》中，严厉批评那些在喜欢制造新闻的报纸中"胡编乱造的人"，"他们故意误导别人，"他认为，"错误信息被那些人到处传播，他们冒充'塔布'的台柱，可'塔布'只剩下自己的影子。"他在这部著作的引言中又详细解释道："最近几年，圣日耳曼德普雷迅速发展，其标志是出现了大量的史诗、《卡勒瓦拉》①传奇，讲述穴居人征服地窖和酒吧的口头或书面的传统

---

① 《卡勒瓦拉》芬兰民族史诗，由艾里阿斯·隆洛特（1802~1884）收集大量民歌编成。

故事。"

　　朱丽叶特·格蕾科在《枣子》中这样描写他："鲍里斯·维昂很帅，一种浪漫的美，由于他极苍白的肤色和梦幻的神态。这一切的背后也隐藏着一种让人极其不安的东西。他在残忍的微笑中酝酿着恶作剧。"1946年，维昂化名为韦尔农·苏里旺，给了让·达吕安经营的天蝎出版社一本小说《我要在你们的坟墓上吐痰》，谎称是一个美国黑人写的。小说于1947年出版，没人注意，但引起了某协会的起诉，由此引起风波，但也让该书打破了销售纪录。作为作家的鲍里斯·维昂当时还不为众人所知，尽管他的处女作《脑胞虫与浮游生物》在雷蒙·格诺的帮助下已于1946年在伽利玛出版社出版。

维昂（吹小号者）、贝洛和雷诺1949年在艺术家联欢会上

关于出入"塔布"的人，他肯定有所虚构。当时该区的一些熟客以及维昂的一些朋友，如拍过关于圣日耳曼德普雷电影的作家兼导演让·苏约，或数学家马克·苏森贝尔日，这些人当然都是真的：其实当年天天去圣日耳曼德普雷的人，今天大多数已完全不为人所知。是的，有天晚上，莫里亚克和萨特、梅洛-蓬蒂是去过"塔布"，但要说他们是那里的常客，这是不符合事实的！人们想美化"塔布"，但它并不需要美化。在《圣日耳曼德普雷手册》中，维昂有时也记忆不济："回想起在那里度过的所有夜晚，我们发现，我们

维昂（右一）的《我要在你们的坟墓上吐痰》1948年首演，朋友们在"塔布"给他庆祝

最希望留下的回忆，失控了、模糊了、混淆了、消失了。"
他请求朋友们帮助回忆回忆往事，但大家都知道这种作证首
先会得到什么结果。1950年，维昂发表了《红草》，同时有个
剧本《给众人肢解牲口》上演。他等着开庭，《我要在你们
的坟墓上吐痰》被控违反1939年7月29日关于保护法国家庭的
法律，社会与道德委员会的卡泰尔主席把他告上了法庭。这
些都占了他的精力，让他离开了对他来说永远处于变化当中
的一个时代的各种风波。

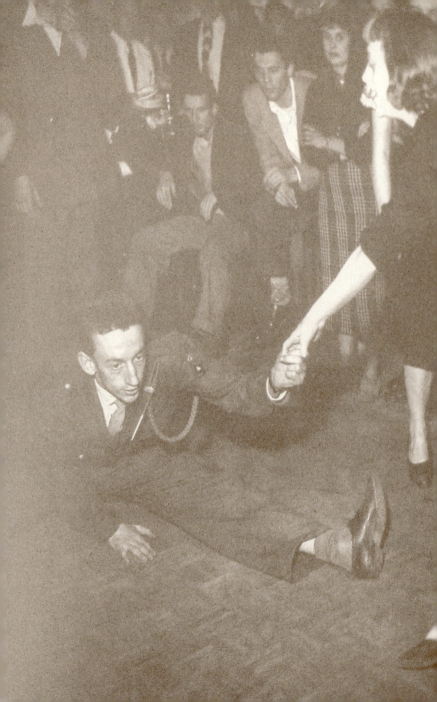

跳爵士舞的穴居者

舞蹈队"地窖鼠"活跃异常

维昂觉得没有家的感觉，想离开

"塔布"成了一个普通的夜总会，像别的商业机构一样，必须赚钱。时代已经变了，彼此不都是朋友。鲍里斯·维昂觉得没有家的感觉，想离开。他的弟弟阿兰则继续在多菲娜路的地窖当主持人。阿兰以尼古拉·韦根塞德尔为笔名，创作并朗诵了自己滑稽可笑的《丝绸般光滑的诗》，诗歌有些超现实主义色彩，介于雅里①和格诺的作品之

---

① 阿尔弗雷德·雅里（1873～1907），法国象征主义剧作家，其作品内容怪诞、形式洗练、手法夸张，影响了后来的先锋派和荒诞派戏剧。他创造了"啪嗒学"（Pataphysique）这个词，被认为是超现实主义和未来主义的开拓者。

间。"塔布"取得了巨大的成功，成了圣日耳曼德普雷最出
名的约会地点，人们来自四面八方，希望将来有一天能吹嘘
说，自己曾有幸走下通往"存在主义"巢穴的那几个著名石
阶，至少去过一次。

　　老板没有后悔丢掉他的猪肉店。生意不错，不过，如果
那伙人不白吃白喝就更好了。生意就是生意，1947年4月11
日在多菲娜路创造圣日耳曼德普雷传奇的那些人老这样可不
好。

　　尽管缔造者们慢慢疏远了"塔布"，俱乐部却继续繁
荣。阿兰不断严厉地指责叛逃者。在一块小牌子上，写着
"塔布，关于一个存在主义地窖之诞生的回忆"，署名为尼
古拉·韦根塞德尔，控诉那些将占据另外一个地窖的分裂主
义者："那是'塔布'旁边的鸟人。"他说。于是，名单上
出现了如下滑稽可笑的名字：朱丽叶·特·格蕾科，"罗马
娜·格蕾科，父亲是土耳其牧师，母亲是庞丹的女裁缝"；
鲍里斯·维昂，"布里奇·弗朗，文坛屠夫，借助于年轻的
乐队在那个著名的地窖里，翻修'寻欢堡'莱茵河畔淫荡舞
蹈的城堡"；加布里埃尔·波默朗，"加布里埃尔·波默
朗，啃咬脏骨头的人"，或者是弗朗索瓦·谢韦，"床头柜
的弗朗索瓦，孤独的虫子"[①]。阿兰在取笑伙伴们的同时，内

---

① 此处均利用个人的名字乱作改动开玩笑。

甘斯布尔日和格蕾科在圣日耳曼俱乐部
（1959）

卡塞尔和西蒙娜，1950年在圣日耳曼俱
乐部

心也有些许忧伤，不少苦涩，他已经预感到"塔布"不可避免地要走向衰亡。

不忠诚的"穴居者"在离原先的地窖不远的地方建立了新的窝，创立了圣日耳曼俱乐部。

由于健康原因，鲍里斯·维昂不再吹小号，身体状况不允许他继续他的爵士事业了。这时，作为《爵士新闻》杂志的主编，他开始与美国的著名音乐家们交往。

1948年7月，他在圣日耳曼俱乐部组织了一场晚会，邀请迪克·艾林顿[1]参加。近千人涌到了圣伯努瓦路想看看那个著名的钢琴家、作曲家和乐队指挥。后来，维昂还邀请了查里·帕克、

---

[1] 迪克·艾林顿（1899～1974），美国作曲家，钢琴家，爵士乐史中最有影响的人物之一。20世纪30年代初，他的乐团在纽约赢得声誉，后去欧洲巡回演出，影响了一批作曲家。艾林顿一生创作有900多首作品。

马克斯·罗奇、肯尼·克拉克、托米·波特、迪齐·吉尔斯比、米尔·达维、昆特·巴西和艾罗尔·加尔内。

世界上最著名的爵士乐手来到圣日耳曼德普雷，这比一年来法国的霍特俱乐部成员关于大西洋对岸爵士乐发展的争论更重要。在被德国占领的四年中，法国人不知道由于摇摆舞的式微，1940年在美国诞生了新爵士乐。1948年2月，迪齐·吉尔斯比在普雷耶尔大厅举办了纪念音乐会，使黑人年轻乐手发明的爵士舞传到了巴黎。这是美国的黑人音乐第一次发生变化，与以前的爵士乐完全不同。西尔凡·泽热尔回忆道，鲍里斯·维昂对当时在场的朋友们说："我们在那里听到的，不是辅助性的音乐，而是新创造出来的东西，很奇妙，这是一种进步，太有才了。"

克拉克、达维、米什罗在圣日耳曼俱乐部（1957）

在支持与反对的争论中，维昂旗帜鲜明地站在新爵士乐一边：是他把这种音乐强行推广到"圣日耳曼"。当时，在地窖里伴舞的音乐，不管是爵士乐还是爵士曲，与爵士乐手们的爵士乐都没有任何关系。

圣日耳曼德普雷后来一直以好听的爵士乐吸引大家，在以后的几年中，修道院路的"蓝色音符"成了真正的爵士爱好者的约会处。

1949年，西德内·贝歇来到巴黎，在旧哥伦比亚剧院加入了吕特的乐队

卡尔曼路的地窖关门之后，1948年12月底，克洛德·吕特在旧哥伦比亚剧院的地下室扎营了。

楼上，瓦朗蒂娜·泰西埃、罗贝尔·阿尔努和亨利·克莱米厄在马塞尔·埃美的戏剧《吕西安娜与屠夫》中大获成功。

新奥尔良爵士乐的国际明星西德内·贝歇也决定来法国定居，他在巴黎爵士节获得了巨大胜利，最后加入了克洛德·吕特的乐队。

当时，圣日耳曼德普雷最吸引人的地方，就是旧哥伦比亚俱乐部和圣日耳曼俱乐部了。

尼科与费拉尔·班加在竖琴路成立了第一家"红玫瑰"之后，1948年独自取得了雷恩路那家夜总会的股权，保留了公

翻修后的旧哥伦比亚剧场

司所在地，在那里组织和培训演员，那些演员后来都很有成就。

在设在地窖里的"红玫瑰"，年轻的导演们推出了一些很特别的戏剧，介于大剧院和小酒馆之间的节目。在尼科的经营下，这家新开的"红玫瑰"取得了巨大的成功：它也是巴黎的第一家咖啡剧院。

忠诚的观众纷纷来到这个极热的小剧场里，风扇在他们头顶不停地转。演员们演完自己的节目后，便来到大厅，在弗朗索瓦·莫里亚克、莫里斯·埃尔佐格、查理·卓别林和乔治·拉夫特的桌边坐下。大家在那里欢迎雷奥·费莱、

"毕普"——哑剧大师马索①所塑造的人物、朱丽叶特·格蕾科、雅克·法布里、罗西·瓦尔特、米歇尔·皮科里、米歇尔·德莱和伊夫·若利的木偶们。

尼科·帕帕塔基是个身材高大的小伙子，十分英俊，"像埃塞俄比亚王子一样俊朗"，他以前是演员，在马杜兰剧院和香榭丽舍的剧社演出。他委托伊夫·罗贝尔导演的戏剧表明，公司的能力堪与雅克兄弟相比。他们来到"红玫瑰"将是划时代的事件。1950年10月21日，他们令人难以置信地演出了雷蒙·格诺的《文体练习》，大获成功，后来竟然演出了950场！雅克兄弟也演出了《心形肚脐》《排骨肉和清点财产》。

皮埃尔·卡斯特和让-皮埃尔·维韦把鲍里斯·维昂的《电影屠杀》搬上了舞台。他们滑稽地模仿美国好莱坞、意大利电影城或法国郊区布洛涅-比兰库尔的戏，幕间演出塞西尔·德米尔②、希区普尔、维托里奥·德西卡或马塞尔·卡纳热的短剧。这些戏剧难以描述，胡乱模仿，维昂"几乎"任其恶化。一天晚上，人们看到米兰的皮科罗艺术学院的戏

---

① 马塞尔·马索（1923~2007），法国犹太裔戏剧家，因1947年创作的哑剧小丑"毕普先生"而闻名全世界。毕普是个白脸小丑，总是穿着条纹工作服，戴着高高的破旧圆筒帽。

② 塞西尔·德米尔（1881~1959），美国电影导演，好莱坞影业元老级人物，美国影艺学院创始人之一。

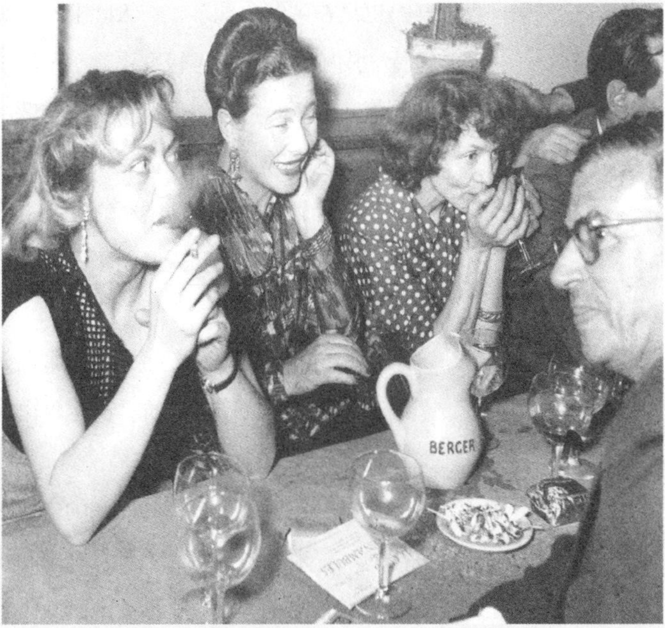

看完《电影屠杀》之后，米歇勒、波伏瓦、博斯特和萨特在“红玫瑰”

剧出现在舞台上，另一次，《波吉与贝丝》[1]的歌手们在米歇尔·德维耶乐队的伴奏下唱歌。

也是在"红玫瑰"，一天晚上，被艾迪特·皮娅芙发现的年轻歌手夏尔·阿兹纳武尔给朱丽叶特·格蕾科献了一首歌。一首引起风波的歌：《我恨星期天》。几天后，格蕾科在多维尔演唱了它，获得了表演奖。从此，他们两人开始了国际演艺生涯。

在烟雾弥漫的地窖里度过了那么多个夜晚之后，有人奋起反抗，决定浮出水面，这再正常不过了。

反抗是在雷蒙·福歇和罗米的支持下进行的。罗米是古董商、记者、画家和收藏家，在位于大学路4号的圣伊夫酒店大厅里的一个新俱乐部当主持人。俱乐部装饰成"黄金岁月"的风格，贴着谢蕾的海报，上面画着咖啡音乐会的情景。

19世纪末至第一次世界大战爆发的那段时期，被上流阶级认为是一个"黄金岁月"，此时的欧洲处于一个相对和平的时期，随着资本主义及工业革命的发展，科学技术日新月异，欧洲的文化、艺术及生活方式等都在这个时期日臻成熟。

①《波吉与贝丝》，又译《乞丐与荡妇》，美国歌剧，1935年8月30日在波斯顿首次公演，带有音乐剧和轻歌剧色彩。

　　这种对过去的回归，如同一股纯洁的空气。反"塔布"的演出是这样的：一些温柔的女性穿着漂亮的衣服，挺着酥胸，唱着民歌，都是一些可笑的名曲，滑稽而精致，然后大家跟着一起唱，擦桌子的侍应也停下手中的抹布参加演出。

　　大厅里洋溢着友好的气氛，大家唱着轻快的歌曲，莉莉·蓬当和克罗蒂娜·谢蕾抬起大腿，就像在"红磨坊"里那样。夜晚的喧嚣好像一点都没有妨碍酒店里的客人。

"桅楼" 书店（1967）

"双叟奖" 的评委们（1984）

文学的圣殿

"双叟奖"得主让·沃特林

　　圣日耳曼德普雷将永远是文学的摇篮，"花神"一直会是作家们约会的好地方吗？许多给这个地方带来荣耀的人都离开人世了，但明眼人还是一眼就能认出，有的日子，人们所谈论的和将谈论的作者，就在那里的咖啡露台上。

　　1983年7月28日，在巴比松的"狩猎队队长"旅馆，76岁的保尔·布巴尔坐在桌边，前面放着一瓶普利亚葡萄酒——那是他喜欢的酒。他宣布说，独自经营了43年后，他已经把他的亲爱的花神咖啡馆卖掉了。

　　这消息很快就出现在报纸的头版，在圣日耳曼德普雷引起了强烈的不安。人们得知，新老板西尔捷戈维克夫妇是非常专业的人士，经营过共和国广场的珍妮饭店和圣米歇尔广场的出发饭店。他们答应布巴尔会继续"花神"的传统。西尔捷戈维克太太的老家在康塔尔省的塞尔河畔维克——这好像让最悲观的人都放下心来。报纸上说，生意谈得不错，咖

1946年的花神咖啡馆

啡馆卖了个好价钱，1400万法郎。

圣日耳曼德普雷历史上的一页永远地翻过去了。

布巴尔离开了，给人们留下了一个美好的印象，成功丝毫没有改变这个卢埃盖①人的性格。他是萨特、贾科梅蒂、加缪、布勒东和毕加索的朋友，知道他们的许多隐私，足以写一本长长的历史故事。可惜啊，1986年，他退休没几年就去世了！

100多岁的"花神"至今仍在，其装饰自1930年之后就没有改变过，鼠皮缎长凳、莱俪壁饰。那里的菜肴跟战前一样，威尔士干酪，马朗鲜鸡蛋，波尔多、普利亚或弗勒里

———————————

① 法国古省名，今阿韦龙附近。

红酒。

　　旅游旺季，当游客涌到这里来寻找失去的圣日耳曼，当日本旅游团从旅游巴士下来，到"花神"咖啡馆这座"存在主义"的圣殿前沉思时，可以看到几个年轻的作家或记者在模特儿的陪伴下，坐在露天咖啡座中，俨然像是负责续写传奇的人物。他们头发很长，暂时围绕在他们脑袋边的小小光环让他们非常骄傲。他们并没有注意一个身材瘦小的行人，慢慢地走在大街旁的人行道上。阿贝尔·科塞里，写过《乞丐与傲慢者》《被上帝遗忘的人们》和其他几本小小的杰作，从1951年起，他就一直住在圣日耳曼德普雷的旅馆里。对他来说，"圣日耳曼不过是一个放满纪念品的橱窗"。他很低调，并不想在媒体上也荣耀一番，不接受采访，从来不上电视。书出名就可以了。他是战后圣日耳曼的见证者，热内、吉鲁、加缪、贾科梅蒂和瓦扬都是他的朋友。他抱怨自己生活在这个文化沙漠中，说，这里已经没有智慧可言。

　　并不是所有的人都像他这么悲观——那都是一些在这个街区工作的人：出版商、批评家、新闻专员和文学大奖评委。半个世纪前的那种咖啡馆生活的确已经不复存在。生活变了，习俗也跟着变了。那么，谁还在咖啡馆里写作？今天我们还能想象有个知名作家在杯盘的叮当声中，大声地问："服务生，今天写什么啊？"

　　今天，文学咖啡馆更多是精心策划、设计阴谋和制定秘密策略的场所。低声谈话和偶然相遇基本上构成了圣日耳曼德普雷这个文学小世界烦躁不安的生活。

1993年3月22日，"三巨头"中最后一名在世者勒内·马奇瓦也去世了。他曾继承岳父布雷先生的遗产成了"双叟"的主人，这是个小心谨慎、有条有理、认真仔细的人，懂得如何让这家历史上著名的咖啡馆保持它原有的文学传统。他是自1933年起年年颁发的双叟奖的名誉主席，也是战后圣日耳曼的一个重要人物。他和他的同行，"花神"的保尔·布巴尔和"利普"的罗歇·卡兹一样，保存了咖啡馆原有的装饰，那是"双叟"在国际上出名的重要元素。

这样的名声也能输出：1900年东京在涩谷文化村（一个重要的综合文化中心，里面有音乐厅、剧院、电影院、博物馆和录音间）设立了双叟咖啡馆。日本的"双叟"负责人也学巴黎的样子，每年颁发一个文学奖。

但如果没有"利普""花神"和"双叟"这三个伟大的名字（它们能给东西两半球的文人们带来梦想），圣日耳曼德普雷又会怎么样呢？

亨利·菲利蓬在《1950年圣日耳曼德普雷历书》中问道，"在一个遥远而野蛮的地方，哪个作家写得出《在圣日耳曼德普雷广场上的祈祷》，以呼应欧内斯特·勒南的《在希腊卫城的祈祷》？"

"双叟"依然在马奇瓦家族的怀抱中，这是捍卫这一古

1959年的双叟咖啡馆（上、下）

迹的保证。搬到巴黎郊区的出版社今天纷纷回迁，证明了这个地方对关心其出版物影响的出版社有着巨大的吸引力。

1965年10月，马塞兰·卡兹离开了我们。"利普"关门三天后，由罗歇继续掌舵。继承中的这种变化，保证了在圣日耳曼德普雷这个高雅场所传播的精神将永远持续下去。

新老板制定了某些政策来放慢成功的脚步：现在，不再是我们选择"利普"，而是"利普"选择我们。以后，为了保护这个地方，只有罗歇先生罕见地大发善心时，你才能坐在四周镶着陶瓷的大镜子下面的桌边。根据自己被接待的态度和被安排的桌子，客人可以感觉到自己在"利普"的等级中所占的位置。因为罗歇·卡兹像戏剧导演在彩排之夜安排位置那样安排他的大厅。在小小的螺旋楼梯脚下，候选人手里拿着卡片，端着肠肉酸菜，他们一走进转门就被打了分，

卡兹在他的咖啡馆欢迎《小王子》的作者圣埃克絮佩里（左三）

作了评定。

政界、艺术界和文学界的名人被按照某种微妙的密码安
排座位，必须相当熟悉巴黎的生活才能设计这种密码。因为
政敌不能并排坐在铺着鼠皮缎的同一张长凳上，互相竞争的
商业明星也同样。谋划重要的文学活动时，作家和出版商都
不愿被人听到。如果客人们同时到达，那就要迅速观察座位
情况，以便引导每个客人前往他们希望就座的地方，这就要
具体情况具体分析了。有时，他们希望被店里的客人注意；
有时，他们却不想被人看见。罗歇·卡兹具有外交官那样的精
明，巧妙地设计了大厅里的座位，照顾到每个人的微妙心理。

他从下午3点起就把雅克·洛朗安排在二楼，让他安安静
静的；但那位作家从楼上走了下来："可我也喜欢抬起头，
看看哪个漂亮的姑娘。"他对一个记者说。没有打字机，也
没有词典，只有一支普通的钢笔，口袋里塞着一个螺线装订
的小本子和一小盒烟，对雅克·洛朗来说，这似乎就已大大
地足够，写作就是了。

他一天天把来"利普"的最杰出的名人的名字记录下
来。那是一本真正的"名人录"，只供私人使用：半是贵宾
签名本，半是账本。1963年，"饭店之友"把它誊抄到他们的
著作中《在"利普"那边》[①]：

---

① 此处模仿普鲁斯特《追忆似水年华》第一部"在斯万家的那边"。

　　"利普"，可敬的咖啡馆

　　面对半打冒着白沫的啤酒

　　我喝了一杯又一杯

　　享受着慵懒的闲暇。

　　站在你陶瓷的墙前

　　仰望你古老的油画

　　我心里一阵激动

　　沉思许久。

　　1987年4月23日，报纸宣布了罗歇·卡兹去世的消息。一个星期后，人们在"利普"的大门上读到："罗歇·卡兹举

"咖啡馆三巨头"：卡兹、
布巴尔、马奇瓦

办葬礼，关门一天。"灵车在身着制服、沿咖啡馆一字排开的侍应前停了一会儿。"罗歇先生"在进入圣日耳曼德普雷教堂之前最后一次检阅他的人马。人群中，有演员、作家、记者和各阵营的政客，他们来向半个世纪以来给人们提供巴黎最盛大晚宴的人致意。罗歇的侄女，佩罗雄太太在丈夫的帮助下，将继承"利普"的传统。

卡兹下葬那天，"利普"的员工列队在门口送行

圣父路40号，有家叫马克·洛里埃的书店，是从塞纳路搬过来的。小小的橱窗向行人展示着几本随意摆放的古书。街道的这个地段非常狭窄，通往蒙帕纳斯或圣日耳曼的公共汽车和小汽车只给人行道留下一点点空间。所以，人们不能在这里逗留太久，只能匆匆扫一眼橱窗。这家书店创办于1926

约塞·科尔蒂，他是保尔·艾吕雅、于连·格拉克和勒内·夏尔的好朋友

年，以19世纪的图书为主，主要是浪漫主义的作品。一进门，人们似乎马上就被运送到了外省的一个客厅，三盏灯很节约地幽幽地亮着，书架上塞满了书，几位好像直接从布瓦伊①的版画中走出来的先生在小心翼翼地翻阅。

出版商约塞·科尔蒂为他经历过的时代提供了真实的见证，但他所遇到过的那些人，形象却不怎么讨人喜欢。比如说莱奥托，一脸的凶相，这位写过《小朋友》的作家，每天都沿着卢森堡公园的铁栅栏散步，公园的对面就是美第契路的书店。不过，他只拜访过科尔蒂一次：推荐安德烈·鲁韦耶尔写的一本关于阿波里奈尔的书稿。科尔蒂是电影方面的图书专家，也接待过一些出版《电影院》的人，那是一本寿

---

① 路易斯·利奥波德·布瓦伊，法国画家，擅长油画、石版画，是历史上第一位使用石版画的画家。

命短暂的杂志，但保尔·吉尔松、菲利普·苏波和让·米特里都给它写过稿。

《红手古皮》《圣诞老人凶杀案》和《圣阿吉的消失》的作者叫皮埃尔·韦里，原先是王子先生路52号的书店经理，后来才全身心投入电影的改编与编剧。

1933年，皮埃尔·贝阿恩从他手里收购了这家书店。5年后，书店搬到了同一条马路60号一家从18世纪初就开始营业的豪华而古老的杂货店里，蓬帕杜尔侯爵夫人①以前常让人到这里来碾磨椰子，老磨坊长久以来给书店作背景。1981年，贝阿恩家族卖掉书店时，不得不伤心地廉价处理掉精心搜集了那么多年的东西。皮埃尔·贝阿恩死于2004年，终年105岁。

在圣日耳曼大街，"毛头小伙"书店是作家和艺术家们聚会的场所，在那里遇到玛格丽特·杜拉斯或弗朗索瓦·密特朗一点都不奇怪；艾肖德路5号的吕克·莫诺书店则自嘲说自己是巴黎最小的书店。

"帕拉丁"对某些人来说是图书的圣殿，对另一些人来说是阿里巴巴的地洞。这是位于帕拉丁路5号一栋低矮大楼首层的一家大书店，也曾是巴黎最美的书店之一，现在已被一家美容院所替代。

---

① 蓬帕杜尔侯爵夫人（1721～1764），即让娜−安托瓦妮特·普瓦松，法国国王路易十五的著名情妇、交际花。

亚德里安娜·莫尼埃去世之后，"书友"仍在营业，继续像以前一样运转，只要她难得的顾问和朋友莫里斯·萨耶能够照管就没问题。走马灯似的书商们似乎并没有把1915年开创的事业继承下去。莫里斯·安贝尔是个年轻的爱书人，喜欢读法尔格、拉尔博、桑德拉尔、瓦莱里的著作，1991年，他虔诚地收购了这家书店，努力想让它重新成为作家和读者愉快相约的好地方。

战后圣日耳曼德普雷的老人们还记得雅可布路"绿酒吧"的尼科尔·韦德雷斯，还有那支标志着街区新生的快乐乐队。尼科尔是个电影人，"大众阅读"——法国电视的第一个文学节目的作者，无条件地爱她的这个街区。她把家安在了有四棵泡桐的小广场旁边的芙丝汀宝路。

至于萨特过去的秘书让·科，他是参与创办《现代》的人之一，也是地窖和酒吧里的存在主义开端的极好见证人，他一直住在塞纳路。

这两位现在已经去世的人仍是圣日耳曼德普雷初期的象征性人物，就像玛格丽特·杜拉斯。杜拉斯一直保留着自己在圣伯努瓦路的住所。

许多作家与左岸保持着密切关系，比如说萧沆①，他更

①萧沆（1911～1995）罗马尼亚旅法哲学家，20世纪怀疑论、虚无主义重要思想家。

多是凝视塞纳河而不是多瑙河；又比如亨利·特罗亚，他可能站在罗浮宫前面的时间比站在克里姆林宫前面的时间更长……这些原籍外国的法国作家其实都是忠诚的圣日耳曼德普雷人。《神夜》的作者塔阿·本杰隆也把这个街区当作是他在巴黎的写作绿洲。

而住在蒙帕纳斯与圣日耳曼德普雷交界处的萨缪埃尔·贝克特，有时会一直走到贝尔纳-帕里西路他的出版商杰洛姆·兰东那里，他像欧仁·尤内斯库一样，一直忠于塞纳河的左岸。

还有，在圣日耳曼德普雷的咖啡馆和酒吧，遇到豪尔

贝克特（右）与子夜出版社老板兰东1980年在子夜出版社

赫·路易斯·博尔赫斯[①]或阿贝尔托·莫拉维亚，这一点都不奇怪。他们在年轻妻子的陪同下，坐在双叟咖啡馆的露天平台上，或是王家桥旅馆的酒吧里。只要电视没有让大家熟悉他们的面孔，他们就可以一直悄悄地在巴黎最文学的地方获得一个普通巴黎人的乐趣。

在圣日耳曼德普雷、蒙帕纳斯或蒙马尔特，有的艺术家根本就不离开他们选定居住的地方，还有一些则来寻找有利于他们创作的不同气氛。英国画家弗朗西斯·巴松和大卫·赫克纳就是这样，他们途经巴黎，喜欢住在塞纳河与圣日耳曼德普雷之间离咖啡馆几步远的地方，以方便偶然或必需的相遇。

"花神"和"双叟"之间的"桅楼"，是创作者们聚会的一个地方。贝尔纳·盖尔布朗在战后创办了它，决定在那里开展有利于新艺术的讨论。从此，这个兼作画廊的书店不断举行各类活动和展览，宣传现代绘画。汉斯·哈通、皮埃尔·阿莱辛斯基、法西阿诺斯和许多别的艺术家在"桅楼"永远都能发现那种开放的意识，这对推广他们的作品是至关重要的。

至于全世界热爱戏剧的人，对塞纳河路的"镜框"画廊

---

① 豪尔赫·路易斯·博尔赫斯（1899~1986），阿根廷诗人、小说家、散文家兼翻译家，被誉为作家中的考古学家。

应该都不陌生。那里的装饰、服装和道具让人想起了自雷卡米埃和巴比伦剧院的剧场关闭后今天已经久违的戏剧。人们期望已久的旧哥伦比亚剧院最近重新开张，这被许多人当作是圣日耳曼德普雷文化活动复苏的迹象。

旧哥伦比亚剧院是在与当初完全不同的环境下从灰烬中涅槃的。服装店已经取代圣絮尔皮斯路的宗教书店、集市、版画店和艺术画廊。就在它重开之前不久，它的又一个邻居消失了："美丽的维昂迪埃"，20世纪的一家漂亮的小肉店。

1963年，雷奥·费莱在旧哥伦比亚剧院举办了独奏音乐会，1975年，让·瓦纳又试着在那里设了一个电影制作公司。

科波的旧哥伦比亚剧院1978年上了历史遗产补充名录。它的上一次演出要追溯到1924年了。现在，它在圣日耳曼德普雷中心开辟了戏剧的一个新时代。

这家剧院1977年开始荒废，9年后终于以1780万法郎的价格被国家收购，后者在国家信托局的帮助下，又投资3600万法郎进行工程改造。剧院完全由建筑师贝尔纳·科恩和雅尼·科科斯重新设计，花了两年时间来改造有330个位置的大厅，在地下新建一个排练厅，翻修相关的场地，设立演员休息室和行政办公室。地下那层，与剧院本体完全隔开，1949年，西德尼·贝歇和克洛德·吕特就是在那里出名的，至今已经60多年了。那里曾是同性恋者的集会地，后来又成了喜欢近东舞蹈的人聚集的场所。

1993年旧哥伦比亚剧院重开时的情景

　　圣日耳曼德普雷终于找回了自己的剧院。1993年4月9日，旧哥伦比亚剧院重新开业，第一场演出的是纳塔丽·萨洛特①的《她不在那儿》和《安静》，由法兰西喜剧院院长雅克·拉萨尔导演。此后，那里主要用来演出现代经典节目。

　　这是一件大事，保证了圣日耳曼德普雷文化与知识的发展。

① 娜塔丽·萨洛特（1900~1999），法国当代著名的新小说派作家及理论家，代表作有《向性》《陌生人肖像》《怀疑的时代》《行星仪》《金果》《语言的应用》《天象馆》等。

柳鸣九先生郑重推荐

出版：2016 年 1 月
定价：32.00 元

出版：2016 年 1 月
定价：32.00 元

出版：2016 年 1 月
定价：32.00 元

出版：2016 年 1 月
定价：32.00 元